红手指

[日] 东野圭吾 著
于壮 译

HIGASHINO KEIGO

AKAI YUBI

南海出版公司

新经典文化股份有限公司
www.readinglife.com
出 品

1

快到吃晚饭的时候,隆正说想吃刚才的那块蛋糕。蛋糕是松宫带来的礼物。

"这个时间吃东西不好吧?"松宫说着拿起纸袋。

"有什么关系?肚子饿了就要吃,这样对身体才最好。"

"我可没听说过,护士该说您了。"松宫这样说着,看到年迈的舅舅有了食欲,心里还是很高兴的。

松宫从纸袋里取出盒子,打开盖子,里面装着许多小块的蛋糕。他拆开其中一个的包装,递到舅舅消瘦苍老的手上。

隆正用另一只手调整好枕头的位置,努力想坐起来。松宫把他扶住。

成年人一般只要两口就能吃完的蛋糕,隆正却花了很久,一点点放入口中。咽下的时候稍显难受,但看得出他很享受这甘美的味道。

"喝茶吗？"

"嗯，来一点儿吧。"

松宫把床头柜上的塑料瓶递给隆正。瓶子里插着吸管，隆正躺着也能轻松地喝到。

"体温怎么样？"松宫问。

"没什么变化，还是在三十七八度之间。我都习惯了，估计这就是今后的常态了。"

"习惯了就好。"

"比起这个，脩平，你扔下工作跑到这儿来，不要紧吗？"

"之前世田谷那起案件已经处理完了，这阵子比较闲。"

"这种时候应该复习准备升职考试啊。"

"别再提这个了。"松宫挠挠头，皱起了眉。

"要是不想学习，和女孩子约会也好啊。总之不用这么担心我。有克子在，不要紧的。"克子就是松宫的母亲，隆正的妹妹。

"我现在没女朋友，再说舅舅您不也很闲吗？"

"谁说的，我可是在思考各种事情啊。"

"思考这个吗？"松宫拿起放在床头柜上的板子，是日本象棋的棋盘。棋子是磁石做的，吸在棋盘上。

"别碰那棋子，还没下完呢。"

"我不会下这个，但看起来和之前没什么变化呀。"

"那可不对，棋局每时每刻都在发生变化。对方也是个高手。"

隆正正说着，护士打开门走进病房，是一名三十岁左右的圆脸女子。"该量体温和血压了。"她说。

"说曹操曹操到，我正让这小子看棋呢。"

听隆正一说，圆脸护士笑了。

"想好了吗？"

"那当然。"护士说着，将手伸到松宫拿着的棋盘上，挪动了一枚棋子。

松宫吃了一惊，看着隆正和护士。"难道是和护士小姐下棋？"

"她可是高手。脩平，你给我拿近点儿看看。"

松宫拿着棋盘，站到床边。隆正看着棋盘，不禁皱起了眉，数不清的皱纹一下子更深了。"原来是跳马，还有这么一手。"

"请您等一会儿再想，不然血压该上升了。"护士麻利地量好体温和血压。她的胸牌上写着"金森"两个字。隆正曾告诉松宫她叫登纪子，还想撮合他俩。松宫当然没这个想法，估计对方也一样。"有哪里痛吗？"量完之后，护士问隆正。

"没有，和以前一样。"

"那要是有事再叫我。"金森登纪子笑着走了出去。

看到护士离开，隆正马上把视线投到棋盘上。

看样子隆正一时半会儿不会感到无聊。松宫稍稍放心，从椅子上站起身。"我该走了。"

"嗯，给克子带个好。"

松宫打开门正要离开，隆正突然喊了一声："脩平！"

3

"怎么了？"

"真的不用再挤时间来看我了。你应该有很多更重要的事情要办。"

"我都说了没什么事。我还会再来的。"松宫说着走出病房。

去电梯要经过护士站。看见金森登纪子，松宫冲她招了招手。她迷惑地走了过来。

"除了我母亲，最近有谁来看过我舅舅吗？"

护士当然知道松宫的母亲是谁。她摇了摇头。"据我所知好像没有……"

"我表哥呢？就是我舅舅的儿子。"

"他儿子？没有，没来过。"

"这样啊，打扰你了。"

"没事。"金森微笑了一下，回到原处。

乘电梯时，松宫叹了口气。一股无力感侵袭而来，让他很烦躁。难道只能这样了吗？他想起舅舅泛黄的脸庞。舅舅的胆囊和肝脏正被癌细胞侵蚀，只是本人还不知道。

主治医生只告诉隆正是胆管炎。现在已经不可能通过手术来切除癌细胞，能做的只是尽量延长寿命。松宫和母亲克子都同意给他注射吗啡，以抵御剧烈的疼痛。他们都想至少让他少受些痛苦。

不知大限何时到来。按医生的话说，即使是明天也不奇怪。和他面对面说话时倒觉不出什么，可他的身体确实每况愈下。

松宫第一次见到加贺隆正时还没上初中。那之前松宫和母亲一起住在高崎。当时他还不明白为什么要搬到东京，只听说是母亲工作的缘故。

第一次见到隆正时，松宫吃了一惊，没想到自己还有亲戚。他一直以为母亲是独生女，而外公外婆早已过世。

加贺隆正曾经是警察，退休后在保安公司当顾问，时间其实不算宽裕，但他仍会频繁地来松宫家。松宫觉得他并没什么大事，只是来看看。他一般都会拿些礼物，比如正长身体的中学生喜欢的豆馅饭团、肉包子之类的，盛夏时也会抱西瓜过来。

令松宫疑惑的是，这么一位对自己百般照顾的舅舅，怎么此前从未听说过呢？东京到高崎并不麻烦。但无论是问母亲还是隆正，他们都没有给他一个满意的回答，只是随口敷衍了事。

上高中时，松宫终于从母亲那里知道了真相。他发现户籍簿上"父亲"一栏是空白的，于是询问母亲，却得到了意想不到的答复。

松宫的父母并没有结婚，松宫这个姓也是母亲前夫的姓。

因为父亲当时还有妻室，即父母当时的关系属于婚外恋。但父亲并非逢场作戏，而是打算离婚的。无奈原配坚决不同意，于是父亲离家出走，和克子一起住在高崎。他是个厨师。

不久，二人生下孩子。父亲仍未能离婚，但他们已像夫妻一样生活。可是不久灾难降临了。父亲在一场事故中丧生：供职的饭店着了火，他没能逃脱。

为了养育孩子，克子必须挣钱。松宫依稀记得母亲做过陪酒女，每天直到深夜才酩酊大醉地回家，还经常趴在水池边呕吐。

正是加贺隆正帮了他们一把。除了隆正，母亲没有把在高崎的住址告诉任何人。两人常常联系。

隆正劝克子回东京，这样自己也方便照顾他们。考虑到孩子，克子才下定决心来到东京。

隆正不光给母子俩找了住处，还给克子找了份工作，此外好像还给了些生活费。

听完来龙去脉，松宫终于知道，自己能过上和别人一样正常的生活，原来全仰仗有一位好舅舅。

不能辜负舅舅，将来务必报答——松宫怀着这样的想法度过了学生时代，拿奖学金上大学也是为了回报隆正的期望。

大学毕业后，他毫不犹豫地选择当警察。这是世界上他最尊敬的人所从事的职业，他无法做出其他选择。

如果救不了舅舅的命，至少要让他没有遗憾。这是松宫现在的愿望，也是对舅舅最后的报恩。

2

前原昭夫整理好会议要用的资料,正在考虑关不关电脑。隔两个座位的山本站了起来,把包放到桌上,准备下班。

"山本,你这就走了?"昭夫招呼道。山本和他同时入职,升职的速度也相似。

"嗯,还有些杂活儿,下周再说吧。你干什么呢?星期五还这么拼命?"山本提着包来到昭夫座位前,看了看电脑上的资料,感到很意外,"这个不是下周的会议才用的吗?现在就弄好了?"

"早做完早利索。"

"了不起啊。星期五下班后我什么都不干,又不给加班费。"

"我也是心血来潮。"昭夫操作鼠标关机,"怎么样,去'多福'喝一杯?"他说着做了个喝酒的动作。

"今天可不行,老婆家的亲戚来了,让我早点回去。"山本面露遗憾。

"可真不巧。"

"下次再约。你也早点回去吧，最近好像一直在加班。"

"谁说的，也不是一直。"昭夫强作笑容，心想山本表面上不说什么，暗地里可盯着自己呢。

"反正啊，别累坏了。"山本说完转身离开。

昭夫看看墙上的钟，刚过六点。他若无其事地环视周围。营业部还有十多个人，其中两个是昭夫领导的直销二科的科员。这两个人中，一个是入职第二年的新手，每次和这个人单独谈话都很困难；另一个比昭夫小三岁，最谈得来，偏偏滴酒不沾。总之没有能结伴去喝一杯的人。

昭夫悄悄叹了口气。没办法，今天只能直接回家了。

手机忽然响了，是家里打来的。昭夫顿时心生不祥的预感。这种时候怎么会有电话？

"喂。"

"啊，老公……"是妻子八重子的声音。

"怎么了？"

"那个，嗯，家里有点事，能快点回来吗？"

妻子语速很快。她惊慌失措的时候就会提高语速。昭夫觉得不妙，很是烦闷。

"怎么回事？工作还没做完呢。"昭夫紧张起来。

"不能早点结束吗？出大事了！"

"什么大事？"

"电话里说不清楚，我也不知道该怎么说。反正快回家吧。"电话里传来她的呼吸声，好像非常紧张。

"到底怎么了？哪怕先说是关于什么。"

"那个、那个……出意外了。"

"光这么说我哪知道是怎么回事，说清楚点！"

但是八重子没有回答。昭夫烦躁起来，刚想说话，就听到了哭泣声。一瞬间，他感到心跳加速。

"知道了，我马上回去。"

昭夫正要挂电话，八重子说："等一下。"

"还有什么事？"

"今天让春美别来了。"

"她来不方便？"

"是的。"八重子答道。

"那你跟她说不就行了？"

"正因为这样才不能……"她突然沉默，仿佛思维陷入了混乱。

"那我给她打电话吧。随便找个理由。这总行了吧？"

"你马上回来啊。"

"知道了。"昭夫说完挂断了电话。

比他小三岁的部下好像听到了谈话内容，抬起头问："怎么了？"

"不知道啊，老婆只说赶紧回家。真没办法，那我先走了。"

"好的，您路上小心。"部下嘴上这么说，脸上却写着：明明没有工作还假装加班更奇怪吧。

昭夫供职于一家经营照明器材的公司，总部位于东京中央区茅场町。去地铁站的路上，昭夫用手机拨打了春美家的电话。春美是昭夫的胞妹，比他小四岁，现在改姓田岛。

春美接起电话，听出是昭夫，有点困惑，马上问道："出什么事了吗？"她的话里省略了主语"妈妈"。

"没什么，就是刚才接到八重子的电话，说妈已经睡了，没必要再特意叫她起来。今晚就让她好好睡吧。"

"那我……"

"嗯，你今天就不用跑一趟了，明天再辛苦过来吧。"

"嗯……明天还和往常一样？"

"对。"

"知道了。我这边也有要紧的事，这下正好。"

大概是计算营业额之类的事吧。春美的丈夫在车站前面开了一家日用品店。

"你那儿也很忙吧？总是麻烦你。"

"还好吧。"春美放低了声音，似乎不喜欢听这种假惺惺的话。

"那明天见。"昭夫说，挂断了电话。

走了一段，昭夫发现把雨伞忘在公司了。早上离家时正下雨，便带了一把伞。不知雨是什么时候停的，因为他一整天都待在公司里。现在回去取太麻烦，他索性直接走向地铁站。这样一来，他已经把三把雨伞落在公司了。

从茅场町乘地铁到池袋，然后换乘西武线。电车还是那么挤，别说换姿势，稍微动动手脚也会碰到旁边的人。虽然才四月中旬，但因为人太多了，额头和脖颈都蒸出了汗。

昭夫好不容易抓到一个把手。对面的玻璃窗上映出了自己——一个五十出头的男人疲惫的面容。这几年发际线后退了不少，眼角下垂，整张脸的皮肤都松弛了。昭夫越看心里越不舒服，干脆闭上眼睛。

昭夫一直在想八重子打来的那通电话。究竟是怎么回事？最先想到的是母亲。难道老母亲的身体出了什么问题？但如果是这样，八重子不会用那种语气。既然说不让春美来，应该和母亲没什么关系。

昭夫不由得担心起来，不知八重子会生出什么是非。尤其是最近，一从公司回去就听她抱怨，哪儿又难受了、已经到了忍耐极限之类的，絮絮叨叨、怒气冲冲。昭夫的任务就是一言不发地听着，绝对不开口反驳。哪怕稍微否定她一点儿，事态就会更加严重。之所以没工作还赖在公司，就是不想回家看妻子的脸色。回到家也休息不好，不光身体，精神上还要受折磨。

要是不和母亲住在一起就好了，昭夫也曾后悔。但想想搬进来的经过，就知道无论如何都会导致这样的结果。父母和孩子的关系是斩不断的。

但为什么会走到今天这个地步？昭夫满心愤恨，却没有可以让他发泄的对象。

3

昭夫和八重子结婚已经十八年了。他通过上司的介绍认识了八重子,交往一年后结的婚。二人之间没有轰轰烈烈的恋爱,只是双方都没有更合适的对象,也没有分手的理由,女方又即将超出适婚年龄,才走向了婚姻。

昭夫未婚时一直自己住。至于结婚后怎么办,两人谈论过很多次。八重子说怎么都行,最后他们还是租房结的婚。昭夫年迈的父母都还健在,早晚会住到一起。在那之前,昭夫想尽量让妻子轻松一些。

三年后,他们有了孩子,是一个男孩。名字是八重子起的,叫直巳,据说怀孕时就已经想好了。

直巳出生后,前原家的生活发生了微妙的变化。八重子的生活重心转移到育儿上。昭夫觉得这样未尝不可,但八重子对孩子以外的事漠不关心，任由屋子乱七八糟，晚饭则经常拿超市里的便当充数。这些都让昭夫心生不满。

当昭夫提及此事时，八重子马上横眉怒目。"你知道带孩子多不容易吗？房间乱一点儿算什么！看不顺眼的话自己去打扫好了！"

昭夫自知对教育孩子没有多大贡献，所以也无法回击妻子的指责。他自然知道照顾孩子的辛苦，有时甚至觉得八重子能坚持下来实属不易。

昭夫的父母对长孙的出生欣喜万分。为了让二老看看孙子，昭夫几乎每个月都回一次父母家。八重子最初并没有表示反感。

但是有一次，母亲政惠的一句话激怒了八重子，好像是关于断奶的建议违背了八重子的原则。她抱起直巳径自离开，打车回家了。

昭夫急忙追回去，八重子对他说："我再也不去那个家了！"她说自己已经受够了在育儿和家务方面受到的抱怨，情绪爆发得简直如决堤的洪水一般。无论昭夫怎么劝说，她根本不想听。

无奈之下，昭夫只好决定暂时不回父母家，以为过一段时间妻子就会冷静下来。然而，感情的裂缝并没有那么容易修补。

此后的几年里，昭夫都没带儿子回过父母家，即使有事要去也是独自一人。父母自然要求他带孙子来看看。

"这世上哪有愿意去婆婆家的儿媳妇？婆媳之间最不好相处，所以八重子不来就算了。可是至少把直巳带来吧，你爸也想他了。"

政惠这么说，让昭夫很为难。他理解父母的想法，只是八重子未必会接受，而他甚至根本没有开口的勇气。如果说只带直已去，肯定会激怒她。

"我会想办法的。"昭夫这样说着糊弄过去，当然他此后一次也没有跟八重子提及。

就这样过了七年。一天，母亲打来电话，说父亲章一郎突发脑梗，已经失去意识，情况很危险。

这时，昭夫才第一次向八重子提出一起过去，理由是这可能是见父亲的最后一面了。八重子也觉得如果连公公临终时都不去太不像话，便没有拒绝。

他们带着儿子来到医院。政惠面色苍白地坐在等待室里，说章一郎正在接受溶栓治疗。

"从浴室出来，正抽着烟呢，一下子就倒下去了！"政惠带着哭腔说。

"我不早说让他戒烟吗？"

"谁让你爸就喜欢这个。"政惠苦着脸说完，看见了八重子。"好久不见，真不好意思，让你特意来一趟。"

"哪里，我也很久没来拜访了。"八重子面无表情地说。

"最近学习很忙吧？"政惠把目光从八重子移到躲在她后面的直已身上，笑着说，"长大了不少啊，快让奶奶看看。"

"快问好。"昭夫说道。直已急忙低头行礼。

春美和丈夫也赶来了，和昭夫略作交谈，便开始安慰政惠，对八重子则毫不理会，显然是对嫂子不让老人看孙子心怀不满。

昭夫在尴尬的气氛中等待着手术结束，除了祈祷手术成功外束手无策，但另一方面也在考虑别的事。如果父亲就这样去世了怎么办？该通知谁？葬礼怎么举行？该怎么跟公司说呢？许多问题一下子涌上心头。

想象甚至延伸到葬礼之后。母亲孤单一人该怎么办？她现在身体还行，但肯定不能一直一个人过。自己必须承担起责任来。可是……

八重子带着直巳坐在隔了几个椅子的地方，面无表情。直巳好像不清楚发生了什么，感到很无聊。

一起住肯定不行，昭夫想。即使分开住，偶尔见面还会起摩擦，要是住在一个房檐下，不得闹得天翻地覆？

总之昭夫希望父亲康复。虽然这些是他早晚要面对的问题，昭夫还是希望能拖一拖。

也许真是神佛保佑，章一郎捡回一条命，只是左半身有点行动不便，日常生活并无大碍，平安出了院。出院后，昭夫经常打电话询问父亲的情况，政惠也不是很悲观。

一天，八重子突然问道："哎，要是你爸去世了，你妈怎么办？"

真是个棘手的问题。"还没想好呢。"昭夫说。

"考虑过一起住吗？"

"我还没想那么多。怎么突然这么问？"

"我在想万一你妈提出来该怎么办。"八重子明确表示不想一起住,"说句不好听的,我实在是和你妈相处不来。虽说总有一天咱们要去照顾她吧,可我还是不想和她一起住。"

话说到这个份儿上,昭夫也没什么好说的,只简短地应了句"知道了"。他还想,要是母亲先去世,没准对大家都好。八重子好像还不是那么讨厌他父亲。

但是,事情并未像他希望的那样发展。

几个月后的一天,母亲打来电话,颤声说父亲有点不正常。

"不正常,到底是怎么不正常?"昭夫问道。

"比如一件事说好几遍,我刚说的话完全记不住……"说着,她重重叹了一口气,"可能是老年痴呆了。"

"怎么可能?"昭夫条件反射似的回道。父亲个子不高,但身体硬朗,每天早上都散步读报,怎么会痴呆呢?自己想都没想过。虽然明知这种事在哪个家庭都可能发生,可谁也不曾想灾难竟会降临到自家头上。

"反正你来看看吧。"政惠说完挂断了电话。

他把这件事告诉八重子,八重子听完盯着他问道:"那……你是怎么打算的?"

"我哪知道?反正先去看看吧。"

"那……如果你爸真痴呆了呢?"

"嗯……我还没想好。"

"老公,你可别脑袋一热就拍胸脯打包票啊。"

"什么意思？"

"你是有长子的责任，但咱家也得过日子呀。直巳还小呢。"

昭夫终于明白了八重子话里的意思：她不想照顾痴呆的老人。

"不会给你添麻烦的，这事我有分寸。"

"那就好。"八重子怀疑地看着昭夫。

第二天下班之后，昭夫去看望父亲。父亲到底成了什么样子？昭夫惴惴不安地敲响了门，赫然发现来开门的竟然是父亲。

"哎呀，今天这是怎么了？"父亲欢快地说道，又问起昭夫工作的情况，丝毫不见痴呆的迹象。

等到外出的母亲回来，昭夫说出了看法，母亲马上摇头。

"有时候是跟没事似的，只剩我俩在家的时候他就开始犯病了。"

"我以后会多来看看。看来还不是特别严重，这我就放心了。"昭夫说完便离开了。

此后昭夫又去了两次。父亲依然看起来没有任何问题，但按母亲的说法，确确实实是痴呆了。

"你对他说过的话，他一点儿都记不住，连吃过你带来的豆馅饭团都忘了。你劝劝你爸，好歹去医院看一次。我一说去医院，他就说自己没事。"

既然母亲这么说，昭夫就算无奈，也只得带父亲去了医院。他骗父亲说是做脑梗的复诊，父亲才答应前往。

检查结果显示，脑萎缩得很严重，的确是老年痴呆症。

从医院回来，政惠提起对今后生活的担心。昭夫也没有具体的解决办法，只能漠然地重复"尽可能帮忙"这种话。既然情况还没恶化到不能控制的地步，也就不能强迫八重子做什么。

父亲的症状此后急速恶化。是春美将此事告诉了昭夫。

"哥，你还是再去看看吧，不得了了。"她的话让昭夫冒出许多不祥的联想。

"不得了了是什么意思？"

"都说去了就知道了。"春美说完就挂断了电话。

几天后，昭夫去家里看望，一下子就明白了妹妹话里的意思。父亲果然变了模样，衰老了不少，眼睛也失去了神采。不仅如此，父亲一看到他，转身就跑。

"怎么了？爸，你跑什么？"昭夫抓住父亲满是皱纹的纤细胳膊说。父亲开始放声大哭，想挣脱昭夫的手。

"他已经认不出你了，以为是哪个陌生人进来了呢。"政惠说。

"那还认识你吗？"

"有时候认识，有时候糊涂。有时候以为我是他妈，前一阵子还以为春美是他老婆呢。"

两人交谈的时候，章一郎坐在檐廊上冲着天空发呆。他们的说话声好像根本没传到他的耳朵里。见他的手指鲜红，昭夫问这是怎么了，政惠答道："他在玩化妆呢。"

"玩化妆？"

"就是把我的化妆品当玩具。跟小孩一样，拿口红把手指头涂成了那样。"

母亲说，父亲有时候像个小孩，有时又很正常。唯一能确定的是，父亲的记忆力衰退了，完全记不得自己做过的事情。

昭夫无法想象和这样的人一起生活会是怎样，但他明白母亲受的苦肯定少不了。

"何止辛苦那么简单！"和春美见面的时候，她阴沉着脸对昭夫说，"上次我去的时候，还看到爸在动拳头，冲妈发火，柜子里的被褥都给翻出来了。爸找不到心爱的手表，就说是妈偷的。"

"手表？"

"早就坏了，被爸给扔了。我解释他也不听，说什么没有表就出不了门。"

"出门？"

"说是去学校，我和妈都听不懂。这种时候就得顺着他，说帮他找手表。好不容易才让他安静下来，又问我们明天再去学校行不行。"

昭夫沉默了，他无法想象这是自己的父亲。

话题随即转到今后的对策上。春美虽和公婆住在一起，但还是想尽可能地帮助自己的母亲。

"可也不能只靠你吧？"

"哥你能搞得定？"

春美根本不指望八重子会帮忙照顾，昭夫只好默默不作声。

实际上，八重子对公公的事反应很冷淡，只说"婆婆也不容易"，像在评论别家的事。对这样的妻子，昭夫无论如何也说不出让她帮忙的话。

又过了一段时间，昭夫回家看望，一进门就闻到一股恶臭。他以为是厕所坏了，走到里间才发现，母亲正在给父亲擦手。父亲则瞪着眼睛看着周围，就像个幼儿一样。

原来父亲从纸尿裤里把粪便拿出来玩。母亲淡淡地说，这种事已经发生过好几次，早就不吃惊了。

母亲明显衰老了。原来饱满的双颊瘪了下来，皱纹增多，眼睛下面也出现了黑眼圈。

昭夫提议送父亲去养老院，由他支付费用。旁边的春美不禁笑出声。"哥，你真是什么都不知道。我们早就想过了。和养老院的人也谈过，找了好几家，但是都被拒绝了，哪家养老院也不收。看来不管爸什么样子，妈都得在旁边守着。"

"怎么会被拒绝？"

"爸太闹了，像小孩子一样大喊大叫，到处乱跑。要是像小孩子那样总睡觉也行，但他还经常半夜起来。如果接收，就得有个人二十四小时寸步不离，而且也会给其他老人添麻烦。从养老院的角度看肯定是要拒绝的。"

"可养老院不就是照顾老人的吗？"

"别跟我说大道理，总之现在还在找养老院。可是，连白天护理的都不愿意接收。"

"白天护理？"

"你连这个都不知道？"春美瞪着眼睛看着昭夫，"就是只在白天照顾老人的养老院。护工帮爸洗澡的时候，爸突然发怒，把一个老人的椅子弄翻了。还好那人没受伤。"

这么严重啊！昭夫的心情愈加沉重了。

"目前暂时找到了一个地方，是家精神病院。"

"精神病院？"

"你大概还不知道，现在每周去两次。医生开的药似乎还不错，发狂的次数减少了。那家医院好像同意接收爸。"

春美说的一切，昭夫都是第一次听说。他转念一想，他们可能根本就没指望过自己。

"那就住那家医院吧，钱我来出……"

春美却马上摇头。"短期住院可以，长期的不行。"

"为什么？"

"那家医院规定，在家无法护理的患者才能长期住院。而爸的情况还能在家护理，其实就是妈在看着。现在正打算找别家医院。"

"够了。"政惠说，"一次次地被拒绝，我早受够了。你爸为这个家辛苦了一辈子，也该回报他了。"

"但这样的话，妈你的身体该累垮了。"

"要是有这份孝心，就想点办法。"春美斜眼看他，"不过你好像也没什么办法吧？"

"我……再去找找养老院，问问熟人。"

"我们早试过了。"春美吐出这么一句话。

想帮忙却无能为力，日子就这么一天天过去。或许是彻底失望了，春美和政惠也没有向昭夫哭诉。昭夫便也不再理会，放任她们操劳。良心上的谴责让他埋头工作，暗示自己还有其他事情要做。他不再去探望父母了。

几个月后，春美告诉他，父亲已经彻底卧床不起，意识模糊，基本不能说话了。

"我估计没几天了，不来见最后一面吗？"春美冷冷地说。

昭夫去的时候，章一郎正在里间躺着，几乎一直处于睡眠状态，只有在政惠替他换纸尿裤时才会睁开眼睛，但也不知道是否还有意识。那双眼睛好像什么都看不到。

昭夫帮着换纸尿裤，发现失去意识的人的下半身竟然这么重。

"这些每天都要做吗？"昭夫不禁问道。

"一直在做啊。他卧床不起后，我反倒轻松了，以前还打我呢。"政惠这么回答，看起来比以前更瘦了。

看着父亲空洞的眼睛，昭夫第一次想：也许他早点去世对大家都好。

昭夫说不出口的愿望在半年后应验了，父亲真的去世了。这次仍然是春美告诉他的。

昭夫带着八重子和直巳回了父母家。直巳好像很好奇。想来也是，他从出生后就基本没来过这里，听到爷爷的死讯也不是很悲伤，因为祖孙俩没见过几次面。

章一郎是夜里断的气。母亲没见到父亲最后一面，心里很难过。但她苦笑着说，就算住在同一个房间里，多半也会以为他是睡着了而不去注意。

春美对八重子没有道歉很生气。她早就向昭夫提过，八重子什么都没做，理应向母亲道歉，哪怕是形式上的。

"等到爸死了才来，哪有这么干的！要是讨厌咱们家，就干脆一辈子别来！"

"对不起，"昭夫说，"我去跟她说。"

"算了，不要说了。你也不是真的想说吧？"

既然被春美说破，昭夫只好沉默不语。

不管怎样，父亲去世解决了昭夫多年的烦恼。法事结束时，他久违地感受到发自心底的解脱。

但好景不长。父亲去世后三年左右，政惠受了伤。她在年末大扫除的时候摔倒了，膝盖骨折。这么大的年纪，又是棘手的骨折，即使动了手术也不能像原来那样行走，出门必须靠拐杖，爬楼梯则更不可能。

不能再让母亲独居了。昭夫决定和她搬到一起住。不出所料，八重子面露不悦。"你不是说了不给我找麻烦吗？"

"只是住在一起，不会麻烦的。"

"怎么可能？"

"我妈就是腿脚不好，其他的都能自理。你不乐意见面，只要给她做顿饭就好。要是把行动不便的母亲一个人扔在家里，别人得怎么看咱们？"

反复讨论多次，八重子终于同意了。与其说她是被昭夫说服，不如说是心里盘算着要借此弄到独门独户的房子。经济长期不景气，昭夫的工资也没涨过，自己买房的梦想基本破灭了。

"即使住在一起，我也不想改变生活方式。"八重子事先放出话来，才答应搬家。

大约三年前，昭夫一家住进了父母的房子，并在住进去之前做了一些装修。看到装修一新的房子，八重子不禁满足地说："还是大房子好啊！"更令人意想不到的是，她向政惠鞠躬，毕恭毕敬地说："今后还要请妈妈多多照顾。"

政惠站在大门前面露笑容，说："哪里哪里，还要拜托你呢。"她拄着拐杖，向儿媳妇交代家里的大事小情，拐杖上的铃铛发出欢快的声响。

这样就没事了，不必担心了，昭夫松了一口气。他想，一切都已解决，再也没有烦恼了。

然而，那天正是新烦恼的开始。

4

昭夫正痛苦地回忆，电车到站了。他被推挤着离开了站台。

走下车站的台阶，他看到等公交车的地方排起了长龙，昭夫选了一列站在后面。旁边的超市门前正在打折销售葛粉糕，那是母亲最爱吃的。

"要不要来一些？"年轻的女售货员亲切地问道。

昭夫把手伸进上衣的内侧口袋，摸到了钱包，但同时脑中浮现出八重子生气的模样。现在还不知道家里出了什么事，如果拿着母亲爱吃的东西回家，无异于火上浇油。

"不，今天先不买了。"昭夫道了歉，转身离开。

正在这时，一个三十岁左右的男人从昭夫身边挤过，走近女售货员问道："麻烦问一下，看见一个穿粉红色运动衫的女孩了吗？她今年七岁。"

这个奇怪的问题让昭夫停下脚步，回头看了看。男人在给女售货员看照片。"大概这么高，头发到肩膀。"

女售货员摇了摇头。"她自己一个人吗？"

"是的。"

"那应该没见过，真抱歉。"

男人失望地道谢，然后向超市走去，重复着同样的问题。

大概是孩子走丢了，昭夫想。一个七岁的女孩现在还没回家，家人焦急地出来寻找也是应该的。那个男人一定住在附近。

公共汽车终于来了。昭夫排队上了车，车厢里也拥挤不堪。他奋力找到一个把手，无暇再想那个男人的事。

到站花了十分钟，下车后昭夫又走了五分钟，来到单行道交错的住宅区。泡沫经济还没崩溃时，三十坪①的房子就能卖到一亿元。现在昭夫还后悔当时没说服父母把房子卖出去。若是有一亿，就能把二老送到带看护的高级公寓了。剩下的钱当成首付，昭夫还能买到梦寐以求的房子。若是那样，今天也不会落到如此地步。明知想这些已是徒劳，他还是忍不住去想。

这栋没能卖出去的房子没亮门灯。昭夫推开锈迹斑斑的院门，走进去拧了一下大门的把手。门上了锁。昭夫诧异地掏出钥匙。虽然经常跟八重子说要锁门，但她几乎从未锁过。

家中非常昏暗，走廊的灯没开。昭夫不知道妻子究竟在干什

---

①面积单位，1坪约为3.306平方米。

么，也感觉不到家里有人。

脱鞋的时候，旁边的拉门唰啦一声打开了。昭夫吓了一跳，抬眼望去。

八重子动作缓慢地走了出来，身穿黑色针织衫和粗斜纹棉布裤子。在家里她几乎不穿裙子。

"回来得这么晚啊。"她没精打采地说。

"你一打完电话我就从公司出来了……"昭夫说到一半便停住了，因为看到了八重子的脸。她的脸色很难看，眼睛充血，还有黑眼圈，好像迅速地衰老了。

"怎么了？"

八重子没有马上回答，只是叹了口气。她拢了拢凌乱的头发，像头痛似的用手捂住脑门，指着对面的饭厅。"在那儿。"

"那儿？"

八重子打开饭厅的门，里面也一片黑暗。微微地传来了一股异样的臭味，大概是厨房的换气扇坏了吧。在寻找气味的来源之前，昭夫伸手去按电灯开关。

"别开灯。"八重子声音虽小，却不容置疑。

昭夫慌忙收回手。"怎么回事？"

"院子……你看院子。"

"院子？"

昭夫把包放到旁边的椅子上，走向通往院子的玻璃门。窗帘遮得严严实实。他小心翼翼地拉开窗帘，说是院子，其实只是个摆设。草坪和植被倒是弄了，但只有两坪，反倒是朝南的后院更宽敞些。

昭夫定睛一看，离水泥墙不远处有一个黑色塑料袋。奇怪！现在早没人用黑色塑料袋当垃圾袋了。

"那个袋子是什么？"

听昭夫这么问，八重子从桌上拿起一件东西，一言不发地递给他。

是一个手电筒。

昭夫看了看妻子，对方却移开了目光。他迷惑地拨开玻璃门的插销，摁亮手电筒。

拿手电筒一照，昭夫发现黑色塑料袋罩着一个物体。他弯下腰看向里面，看到了一只穿着白色袜子的小脚，另一只脚穿着同样小小的运动鞋。

有几秒钟，昭夫的大脑一片空白。不，也许没那么长。总之，他一时不能理解这到底意味着什么，连看到的那只脚究竟是不是人的脚也不能确定。

昭夫缓慢地走回来，和八重子四目相对。

"那……是什么？"昭夫的声音非常干涩。

八重子舔了舔嘴唇，口红的颜色已经掉光了。

"是谁家的……女孩。"

"不认识？"

"嗯。"

"为什么会在咱家？"

八重子不答，低下了头。

昭夫只得追问一个决定性的问题："还活着吗？"他盼望妻子点头。妻子却面无表情，一动不动。

昭夫感觉身体一瞬间燥热起来，手脚却变得冰凉。

"到底怎么回事？"

"不知道，我回来的时候就倒在院子里了。我怕别人看见……"

"就盖上塑料袋了？"

"是的。"

"报警了吗？"

"怎么可能！"八重子用近乎反抗的目光瞪了昭夫一眼。

"这可死人了啊。"

"但是……"她咬着嘴唇，把脸扭向一旁，表情痛苦地扭曲着。

突然间昭夫明白了事情的原委，也想通了妻子为何如此憔悴，以及她不想让别人看见尸体的原因。

"直巳呢？"他问道，"直巳在哪儿？"

"在他房间里。"

"把他叫过来。"

"他不肯出来。"

昭夫一阵绝望，眼前发黑。女孩的尸体果然和自己的儿子脱不了干系。"你问他了吗？"

"我隔着房门问了句……"

"为什么不进屋？"

"你让我怎么进？"八重子鄙夷地看着昭夫，面露怨恨之色。

"算了，你是怎么问的？"

"我问那个女孩是谁……"

"他怎么说？"

"他嫌我烦，还说问那么多干什么。"

这确实像直巳说的话。昭夫能想象出当时儿子的语气。但是，这种时候竟然说出这样的话，昭夫真不愿意相信那是自己的儿子。

"好冷……能关上吗？"八重子把门拉上，似乎不想看到院子。

"确定死了吗？"

八重子沉默着点头。

"你确定？不是背过气了？"

"都好几个小时了。"

"那也不一定啊。"

"你以为我想这样啊！"八重子歇斯底里地大叫，"一眼就能看出来！我一眼就能看出来！"

"当时的情况到底怎样？"

"怎样……"八重子蹲下，用手扶着头，"地板都被小便弄脏了。应该是那个女孩的。她睁着眼睛……"八重子哽咽着，再也说不下去。

昭夫明白了恶臭的来源，那个女孩大概就是在这个房间死的。

"流血了吗？"

八重子摇头。"我觉得没有。"

"真的？就算没出血，也有伤口吧？比如摔倒碰破脑袋之类的。"

昭夫希望这只是一场意外，但八重子再次摇了摇头。

"没看到。可能……是被掐死的。"

昭夫的胸口像被狠狠打了一下，心跳急剧加快。他咽了一口唾沫，仍感到口干舌燥。掐死？谁干的？

"你怎么知道是被掐死的？"

"我估计是……听说人被掐死时都会小便失禁。"

昭夫也听过这种说法，来源大概是电视剧和小说。

手电筒一直亮着。昭夫按掉开关，把它放到桌上，然后走向门口。

"你去哪儿？"

"二楼。"

他本想说"那还用问"，话到嘴边又咽了回去。

他沿着走廊踏上陈旧的楼梯。楼梯上的灯也没有打开，但他并不想按下开关，只想待在黑暗中。此时他非常理解八重子刚才不让他开灯的心情。

上了楼左手边就是直巳的房间，门缝中透出几许光亮，走近后能听到声响，非常吵。昭夫敲了敲门，没有回应。他犹豫了一下，推开房门。

直巳懒洋洋地坐在房间中央。他身体还没发育成熟，手脚显得异常细长。他双手握着游戏机的手柄，盯着一米外的电视画面，好像根本没注意到父亲进来。

"喂!"昭夫低头看着读初三的儿子,喊道。

直巳毫无反应,只有手指不停地动着。画面里,电脑设计出的逼真人物在不停地杀戮。

"直巳!"

昭夫强硬起来,直巳才稍微回头看了看,嘴里还嘀咕着什么,好像在说"烦死了"。

"那个孩子是怎么回事?"

直巳没有回答,只是烦躁地按动手柄。

"是你干的吗?"

直巳的嘴角抽动了一下。"我又不是故意的。"

"废话!你为什么要那么做?"

"烦死了,我怎么知道!"

"怎么可能不知道!你,你给我老实交代,那个孩子是谁家的?从哪儿带回来的?"

直巳的呼吸变得粗重,但他还是什么都不想回答,只是睁大眼睛,拼命打游戏,好像想沉溺在游戏世界里,以此来逃避现实。

昭夫呆呆地低头看着独子头顶浅棕色的头发。电视里传出华丽的音效和乐曲,还夹杂着游戏人物的惨叫和怒骂。

昭夫想抢下儿子手中的手柄,还想拔掉电视的插头,但他做不到。以前他这样做过一次,直巳顿时陷入半狂乱状态,疯狂地砸家里的东西。昭夫想制服他,结果反倒被他拿啤酒瓶打了——

正中左肩，两周都抬不起胳膊。

昭夫看了看儿子床边堆积如山的DVD和杂志。有的杂志封面上，表情天真的少女摆出一副淫荡的姿势。

这时，背后传来了脚步声。回头一看，八重子从走廊探出头来。

"好直巳，听妈妈话，求你了！"

还说什么"好直巳"！这种卑躬屈膝的语气让昭夫很厌恶。

直巳一言不发。八重子只好走进房间，坐到他身后，把手放在他的右肩上。

"当我求你了，把游戏暂停，听我说两句。"她轻轻地摇着儿子的肩膀。

突然，屏幕上出现一个像是什么碎了的画面，直巳"啊"的一声叫出来，游戏好像结束了。

"你瞎弄什么！"

"直巳，够了！你知道发生了什么吗？"

没想到父亲会勃然大怒，直巳只好把手柄放到地板上。他撇着嘴，斜眼看向父亲。

"哎呀，好了。老公你也真是，干吗发那么大的火。"八重子搂住直巳的双肩，护住他，抬头望着昭夫。

"我让他说清楚！难道你以为那样放着一切就结束了吗？"

"真烦人！和我没关系！"

这小子就会说这两句吗？昭夫激动之余想，自己的儿子真是个浑蛋！

"可以，你什么也别说了，我们去警察局。"

昭夫的话让母子俩同时僵住了。

八重子圆睁双眼。"老公……"

"我也没办法啊。"

"开什么玩笑！"直巳暴跳如雷，"我才不去那种地方呢！不去！"他抓起旁边的电视遥控器扔向昭夫。昭夫一躲，遥控器砸到墙上掉下来，里面的电池摔飞了。

"啊，直巳啊，冷静点！求你了，冷静点！"八重子死死按住直巳的手，"不去，警察局什么的，咱们不去。"

"你说什么？怎么可能就这么算了？用好话安慰他也没用，迟早都得——"

"你给我闭嘴！"八重子嚷道，"你先出去，我来问他，把一切都问出来。"

"我是未成年人，未成年人做的事父母要负责，反正我什么都不知道！"

被母亲护着的直巳大声叫喊，瞪着父亲，脸上没有一丁点儿反省和后悔。无论何时，他从不觉得自己不对，永远把责任推到别人身上。

昭夫知道，再说什么直巳也不会开口。

"你给我好好问清楚！"昭夫说完便走出房间。

5

走下楼梯，昭夫没有去饭厅，而是走进了走廊另一面的和室。他回到家时，八重子就待在这个房间。这狭小的空间里只有电视机、矮桌和茶柜，却是他唯一能够安心休息的地方。八重子此前待在这里大概也是想要冷静一下。

昭夫盘腿坐在榻榻米上，一只手搭着矮桌。他觉得应该再去看看尸体，身体却如穿了铠甲一般沉重，叹气都叹不出来。

没再听到直巳的叫喊声。八重子真的能问出什么来吗？

她一定是像往常一样，哄小孩似的和直巳说话。直巳从小脾气就坏，不知不觉间八重子已经习惯哄着他了。昭夫看不惯这种教育方式，但对儿子的教育主要是由八重子负责，昭夫不便过问。

今天的事究竟是怎么发生的呢？

也不是完全想象不出来。昭夫差不多能猜出直巳到底做了什么。大概两个月前，八重子说过这么一件事。

那天傍晚，她购物回来，看到直巳和住在附近的一个女孩并排坐在从院子通往饭厅的台阶上。直巳拿着杯子，好像在让女孩喝什么。一发现八重子，直巳便把杯里的东西泼到院子里，让女孩回家了。单是如此倒也没什么，但后来八重子发现家里的一瓶日本酒被人动过。

八重子说儿子可能是想把女孩灌醉，然后猥亵她。

当时昭夫觉得不可能，以为是玩笑而没有在意。八重子却非常认真地问他，直巳是不是喜欢幼女。

"家门口一有小女孩路过，他就目不转睛地看。还有，上次参加葬礼的时候，直巳故意蹭到绘理香旁边，你还记得吧？人家才刚上小学。你不觉得很奇怪吗？"

这番话确实让昭夫觉得直巳有点不对劲，但他也没有什么好的解决办法，或者说即便思考也是白费工夫。因为一听到始料未及的情况，他就会陷入混乱。比起思索该如何应对，他更愿去祈祷那种事不要发生。

"反正再观察观察吧。"想了半天，昭夫只说出这句话。

八重子显然对这样的回答不满，但她只是沉默一阵，然后低声说"好吧"。

此后昭夫就尽量多留意儿子。然而根据他的观察，直巳并没有异样的喜好。当然，他本就看不到儿子的全部。父子俩碰面的时间极少，昭夫出门时直巳还在被窝里，从公司回来时直巳已经躲进房间，只有星期六和星期天吃饭时能在一起。这种时候直巳也尽量避免看父亲，不得不说话时就说最简短的语句。

昭夫不知直巳是从什么时候开始变成这样的。直巳读小学时虽然情绪也不太稳定，但还是很听父母话的，被批评后也能改正。不知从什么时候开始，他变得不服从父亲的管教，听到提醒时也没反应。若严厉批评他，反而会适得其反，引得他大吵大闹。

于是昭夫减少了和儿子的接触，心想孩子过了青春期就好了。

如果儿子身上出现异常的变化，就应该把它扼杀在萌芽期，然而当时昭夫并没有积极地去做。他只希望自己察觉不到眼前的迹象就好。

现在昭夫只能后悔当时没有采取措施。但是，又能采取什么措施呢？

这时传来了木地板被踩踏发出的嘎吱声。八重子走下楼梯，半张着嘴、直勾勾地盯着昭夫，走进了房间。

她刚坐下就发出一声长长的叹息，脸上还残留着红晕。

"问明白了？"昭夫说。

八重子没有正对他，点了点头。

"他怎么说？"

开口之前，八重子咽了口唾沫。"他说是他掐死的。"

昭夫顿时头晕目眩。虽然早有心理准备，但还是抱着一丝侥幸。

"谁家的孩子？"

她摇摇头。"他说不知道。"

37

"那，是从哪儿带回来的？"

"在路上碰见的，他说不是他带回来的，是人家自己跟回来的。"

"混账东西！谁会信那种鬼话！"

"虽然不能相信……"她咽下了后半句。

昭夫握紧拳头砸向矮桌。

也许直巳在街上闲逛，寻找合适的猎物；或者，他看到了喜欢的少女，瞬间唤醒了心中的魔性。不管怎样，一定是他主动接近的。女孩的父母平日里肯定都会严格教导孩子不要接近陌生人。如今袭击儿童的案件时有发生，哪个家长都会感到紧张。

昭夫没想到自己的儿子竟是加害者。

昭夫想象得出直巳花言巧语哄骗女孩的样子。他知道，面对喜欢的人或想让对方接受无礼要求的时候，直巳会表现得出奇地礼貌。

"为什么掐死她？"

"他说本来想一起玩的，那女孩不听话。他想吓唬她一下，没打算杀人。"

"玩？中学生和小女孩有什么好玩的？"

"我可不知道。"

"你没问他吗？"

八重子沉默了，她的侧脸好像在说根本不可能去问。

昭夫斜眼看着妻子，觉得也许确实没有问的必要。他经常从电视新闻里听到"猥亵幼女"之类的话，但从没具体想过"猥亵"的内容。即使到了现在这种局面，他也不想考虑。

但显而易见，所谓"吓唬一下"根本不是事实。在露出本性的直巳面前，女孩一定拼命抵抗。他怕女孩喊叫，就掐住了女孩的脖子，但没掌握好分寸，导致女孩死亡。

"在哪儿杀的？"

"饭厅……"

"竟然在那种地方？"

"说是打算一起喝果汁。"

昭夫推测，直巳想在果汁里兑上酒之类的东西。

"杀了之后干了什么？"

"女孩小便失禁，他怕弄脏地板，就弄到院子里去了。"

所以饭厅里才会有一股恶臭。

"……然后呢？"

"没了。"

"没了？"

"他不知道怎么办，就回房间去了。"

昭夫感到一阵眩晕。要是就这样昏过去该有多好！杀了个孩子，竟然只担心弄脏地板……

直巳并非丝毫不知道事情的严重性。昭夫能推测出他当时的心境。他觉得遇到麻烦了，就躲进屋子逃避，绝不会考虑之后的事。他认为反正把女孩的尸体放在那儿，父母总会解决的。

茶柜上放着电话分机。昭夫伸手去拿。

"你干什么？"八重子抬高了音量。

"报警。"

"老公……"

她紧紧抓住昭夫拿电话的手腕，昭夫甩开了她。

"没办法，怎么也无法挽回了，看那样子，女孩不可能活过来。"

"可直巳他……"八重子并不甘心，"他的将来怎么办？杀了人，这一辈子就完了！"

"那又能怎样？他自己犯的错。"

"你真的愿意吗？"

"当然不愿意，但还有别的办法吗？他还没成年，如果去自首，会得到悔过的机会，名字也不会被曝光。"

"怎么可能！"八重子目露凶光，"报纸上可能不会登出名字，但罪名会一辈子跟着他的。他再也不能过正常人的日子，一定会很惨的。"

昭夫想说"我的人生已经很惨了"，却没有开口的气力。他伸手去按电话键。

"啊，不！"

"别再抱幻想了。"昭夫一把推开猛扑过来的八重子。她向后倒去，肩膀撞上了茶柜。

"全完了。"昭夫说道。

八重子失魂落魄地看着丈夫，打开了茶柜的抽屉，伸手拿出了什么。

意识到那是一把尖尖的剪刀，昭夫倒吸了一口凉气。

"你想干什么？"

八重子握紧剪刀，把刀尖对准自己的脖子。

"求你了，别打电话。"

"别干傻事，你疯了吗？"

八重子抓着剪刀，激动地晃来晃去。"我不是吓唬你，我是真的想死。你要是把儿子交给警察，我还不如现在就这么死了。剩下的事你来处理吧。"

"别闹了，把剪刀放下！"

八重子咬紧牙关，没有改变姿势。

刹那间，昭夫暗想，这不就是三流肥皂剧吗？要不是和眼前的杀人案有关系，自己可能会因八重子戏剧化的表情哑然失笑。也许她没有注意到自己已经沉醉于这种氛围。一定是以前看过的电视剧和小说让她这么做的。

昭夫看不出八重子是不是真的想死，但即使不是，也要避免她因心思被自己看破而自寻短见。

"好。我把电话放下，你也放下剪刀。"

"不。我把剪刀放下，你又会打电话。"

"我说了不会打了。"昭夫把电话放了回去。

八重子似乎仍不相信，没有放下剪刀，怀疑地看着丈夫。

昭夫叹了口气，坐到榻榻米上。"还愣着干什么？这样下去可没法收场了。"

然而八重子没有作声。她应该也清楚这样下去不是办法，女孩的家人一定急得到处寻找。

昭夫突然想起了车站前的那个男人。"女孩穿的衣服是什么样的？"

"衣服？"

"是不是粉红色的运动衫？"

"啊！"八重子惊呼一声，轻轻摇了摇头，"我不知道是不是运动衫，不过确实是粉红色的。怎么了？"

昭夫伸手撸着头发，狠狠挠了几下，然后说出在车站前看到的情景。

"那人大概就是小女孩的父亲，看样子已经报警了。要是到这边来找，马上就会发现，无论如何都逃不了。而且……"昭夫接着说，"如果他发现要找的女孩在咱们家，还是那种姿势……"

那个男人的表情昭夫没看清楚，但他的背影显出了不顾一切的气势。把女儿养这么大肯定付出了很多。想到这儿，昭夫心中充满愧疚。

八重子仍双手握着剪刀，小声说了什么，昭夫没有听到。

"你说什么？"昭夫问道。

她抬起头说："你去扔了吧。"

"啊？"

"把那个……"八重子咽了口唾沫，接着说，"随便扔到哪儿，我也会帮忙的。求你了！"她深深地低下了头。

昭夫大口大口地喘着气。"你……那个……真这么想？"

八重子低着头一动不动，好像昭夫不答应，她就不起来。

昭夫呻吟了一声。"这……不可能啊。"

八重子的后背微微颤抖着，她仍然没抬起脸。

"不可能啊……"昭夫重复着这句话。但同时他发现，八重子的提议正是自己希望的。这个想法一直藏在脑海中的某个角落，只是他不敢去面对，生怕一旦开始考虑，就会轻易地输给诱惑。

不可能去做那种事，不可能做得很巧妙，只会惹祸上身……这种理性的想法也同时在昭夫脑中盘旋。

"反正，"八重子低着头说，"反正我们都完了。即使让儿子自首，我们也不能正常生活了。你会为养了这么个儿子付出代价。即使自首，也没有人会原谅我们。我们就什么都没有了。"她的声音像念经一样没有抑扬顿挫，脑子里混乱到了极点，无法在话语中添加感情。

她说的也许就是事实。昭夫想，即使直已去自首，也得不到任何同情，因为被杀的女孩没有任何罪过。

"你光说扔掉，可怎么才能办到？"昭夫说道。这句话意味着他迈出了重大的一步：说办不到和拒绝去办判若云泥。

"为什么办不到？"八重子问。

"怎么运？去不了太远的地方。"

昭夫有驾照，却没有车。这栋老房子没有停车的地方，且不说八重子怎么想，昭夫倒是觉得不必非得要私家车。

"那就藏起来……"

"藏？你是说藏在咱们家？"

"暂时的，然后再悄悄处理掉的话……"

八重子刚说了一半，昭夫就开始摇头。"不行，还是不行。没准有人看到过直巳和那个小女孩在一起。如果是那样，警察会来搜咱们家，要是发现尸体就彻底完了。"

昭夫再次把目光投向茶柜上的电话。他觉得讨论毫无意义。如果警察真的来了，尸体在哪儿被发现都是一样的。他根本没有自信能让一家人逃过这一劫。

"今天晚上就转移的话，也许还有一线希望。"八重子开口说道。

"啊？"

她扬起了脸。"不弄到很远去也行，就丢到哪个地方……让人看起来像是在别的地方被杀的。"

"别的地方？"

"对……"八重子也说不出究竟，低下了头。

这时，昭夫身后传来轻微的衣服摩擦声。他吃惊地回过头。

走廊上有个影子在晃动，是母亲起来了。她哼着走调的歌曲，像是以前的童谣，昭夫不知道叫什么。他听到母亲打开卫生间的门，走了进去。

"偏偏在这个时候。"八重子表情扭曲地嘀咕。

昭夫和八重子沉默着，不一会儿听到了水流声，然后是开门关门的声音，紧接着传来光着脚走在地板上的啪嗒声，越来越远。

水流的声音仍在持续。里间的门一关上，八重子就立刻站起来，穿过走廊，打开卫生间的门。水声随即停了。大概是母亲没关水龙头，她总是这样。

砰的一声，八重子关上了卫生间的门。昭夫吓了一跳。

她靠着墙，无力地蹲下去，双手捂着脸叹息。"我不行了，让我去死吧。"

难道是我的错吗？话到了嗓子眼，昭夫又咽了回去。

他把目光落到已变成深棕色的榻榻米上。他记得榻榻米还是青绿色时，自己刚刚高中毕业。父亲拼命工作一辈子，才建了这么一栋小房子。当时他心里还在埋怨父亲。

但自己又做了什么呢？又回到了这栋小房子，连一个正常的家庭都没能组建起来。单单如此也就罢了，还给其他家庭带来了不幸，而制造不幸的罪魁祸首恰恰是自己。

"公园怎么样？"昭夫说。

"公园？"

"那个银杏公园。"

"把尸体扔到那儿？"

"嗯。"

"扔到公园里面？"

"不。"他摇头，"那儿有个公共厕所，藏在里面的隔间。"

"藏在厕所……"

"嗯。如果顺利，会发现得晚一些。"

"嗯，那样也好。"八重子爬进房间，盯着丈夫，"什么时候……搬？"

"夜里，两点……左右吧。"昭夫看了看茶柜上的钟，刚过八点半。

他从柜子里取出一只叠好的纸箱，是三个月前买烘干机时让电器商店的送货员留下的。八重子说正好可以装多余的坐垫，但始终没用上。昭夫做梦也想不到会用在这里。他来到院子，把纸箱组装好，放到盖着黑色塑料袋的女孩尸体旁边——看来可以轻松地将尸体放进去。他再次折起纸箱，回到房间。八重子坐在饭厅的椅子上，双手抱头，凌乱的头发挡住了脸。

"怎么样？"她保持着那个姿势问。

"嗯……应该能塞进去。"

"你没放进去？"

"现在还早，在院子里鬼鬼祟祟的，被谁看见就不好了。"

八重子微微动了动脖子，像是看了一眼时间，然后轻声说："是呀。"

昭夫感到口渴，想喝啤酒，更烈的酒也行，想借醉酒逃避现实的苦难。但现在当然不是喝醉的时候，马上还有一件重大的工作等着他去做。

他点燃一根烟，不停地抽着。

"直巳在干什么呢？"

八重子轻轻摇头，表示不知道。

"去他房间看看怎么样？"

八重子长叹一声，终于抬起头，眼睛周围红红的。"现在就别管他了。"

"但总要多问几句，比如具体的情况。"

"你要问什么呢？"妻子感到很为难。

"比如有没有人看到他和女孩在一起。"

"现在问也没用了。"

"怎么没用？刚才不是说了吗？要是被人看见了，马上就会告诉警察。刑警来了一定会询问直巳，到时候再着急就晚了。"

"即使刑警来了，"八重子的眼珠瞥向斜下方，"我也不会让他们见到儿子。"

"你以为行得通？这只会引起怀疑。"

"那，就让他说什么都不知道。就说不知道有什么女孩，刑警也没办法。"

"哪有这么简单！要是有目击者一口咬定说是直巳，警察才不会轻易放过。要是直巳和女孩在一起时有人打过招呼怎么办？要是不光打了招呼，他们还答应了怎么办？能自圆其说吗？"

"要按你这么说，编多少谎话都没有意义了。"

"所以，你要让那小子想好了再开口。如果连碰没碰见别人都不知道……"

昭夫说得合情合理，八重子只好闭上嘴，面无表情地缓缓站了起来。

"去哪儿?"

"二楼,问问直巳,到底碰没碰见谁。"

"让他来这儿说。"

"不用吧?他也受到打击了。"

"那就更要……"

八重子不理昭夫,径直走了出去。脱鞋的趿拉声回响在走廊,上了楼梯后声音马上变小了,大概是怕刺激到直巳。要看儿子的脸色到什么地步?昭夫很厌恶八重子溺爱孩子的行为。

昭夫把烟头掐灭,烦躁地站起来,打开冰箱拿出一罐啤酒,喝了起来。

脚边有一个超市的购物袋。估计是八重子从超市回来后看到了女孩的尸体,吓得忘塞进冰箱了。

袋中有蔬菜和肉馅,大概是打算做直巳爱吃的肉饼。还有包装好的半成品蔬菜,煮一下就能吃。八重子几个月来都没给丈夫做过像样的饭菜了。

脚步声渐渐传来,八重子拉开门进来了。

"怎么样?"昭夫问道。

"他说谁也没碰见。"八重子坐到椅子上,"所以即使刑警来了,他只要说什么都不知道就行。"

昭夫喝了几大口啤酒。

"如果刑警要来,就一定是掌握了证据,到时说什么都不知道可不管用。"

"就算不管用，也只能说不知道啊。"

昭夫轻蔑地哼了一声。"你觉得那小子做得到吗？"

"做得到什么？"

"对刑警撒谎，他有这本事吗？刑警可不是普通人，都是和杀人犯打交道的。直巳一见他们就得尿裤子。别看他冲咱们挺厉害的，其实是个胆小鬼，这你应该也知道。"

八重子不答，大概觉得丈夫说的是事实。

"儿子变成这样，都是你惯的。"

"是我的责任？"八重子怒睁双眼。

"你什么都惯着他，他才变得这么混账。"

"你说得可真好听。你什么都不干，就会逃避责任。"

"我逃避责任？"

"难道不是吗？直巳六年级时的事你都忘了？"

"六年级？"

"你看看，果然忘了。就是他被人欺负的事。你还批评直巳呢，说什么男孩子就要回击。直巳本来不想上学，还逼着他去，我都说了不让他去了。"

"我这是为他好。"

"你就是逃避责任。你那么做什么也解决不了，直巳在那之后还被人欺负。虽然那些人被老师教育后没像之前那样对他使用暴力，但直到毕业都没人理他，他一直被班里的同学当成空气。"

49

昭夫第一次听说此事。他以为直已重新回到学校,就不会再被人欺负了。

"怎么不告诉我?"

"直已不让我说,我也觉得不说为好。你就知道训孩子,对你来说,家庭就是负担。"

"胡说!"

"不是吗?特别是那一阵子,不知道迷上了哪个女人,根本不管家里。"八重子愤恨地看着昭夫。

"怎么又翻旧账?"昭夫尴尬地说。

"算了,我也不追究那女的是谁了。我不管你在外面怎么胡来,家里的事总得照顾好吧?可你根本就不了解儿子。事到如今也该告诉你了,现在儿子在学校里也被孤立了。小学时欺负他的人到处说他以前的事,谁都不和他交朋友。你考虑过儿子的感受吗?"

八重子的眼睛里再次溢出了泪水,也许悲伤中还混杂着悔恨。

昭夫侧过脸不看妻子。"行了,别说了。"

"明明是你自己先说的。"八重子低声说道。

昭夫喝光啤酒,捏瘪了空罐。"只能祈祷警察不来了。万一警察来了……就全完了。到时候还是放弃吧。"

"不!"八重子拼命地摇头,"绝对不行!"

"这不是没有办法吗?我们能做什么?"

过了一会儿,八重子站起来,径直向前走。"我去自首。"

"啊?"

"我说是我杀的，那样直巳就不会被逮捕了。"

"神经病！"

"那你去自首？"八重子瞪大了眼睛，看着丈夫，"你不会去吧？所以只能是我去自首。"

昭夫咂了咂嘴，狠狠地挠着已经开始隐隐作痛的头。"不管我还是你，杀人的动机是什么？没有理由啊。"

"那个我去了再想。"

"作案时间呢？你去打工了，对吧？我也一样，都有不在场证明。"

"我打完工回来马上杀的。"

"不可能，解剖之后推断出的死亡时间是非常准确的。"

"这我不知道，总之由我代替直巳。"

"神经病！"昭夫又说了一遍，把捏瘪的空罐扔进垃圾箱。

突然，脑中掠过一个想法。他心中一动，思索起来。

"怎么了？你到底想说什么？"八重子问道。

"没什么。"昭夫摇头，打算把刚产生的想法抹去，今后再也不考虑。这个想法太邪恶了，连思考这个行为本身都变得令人厌恶，更让产生了这个想法的自己肮脏不堪。

6

过了凌晨一点,昭夫关了电视。他一直开着电视,想看看有没有女孩失踪的新闻,但看了几个节目都没有消息。

可能是受不了饭厅里沉重的气氛,八重子已经在对面的和室待了两个小时。两人没有任何对话,因为不管说什么,都会意识到自己已被逼上绝路。

昭夫抽了一根烟,起身关上饭厅的灯,来到面向院子的玻璃门旁,悄悄打开窗帘,窥视外面的动静。路灯亮起来了,但光线还不能到达前原家的院子,院子里一片漆黑。昭夫在黑暗中等了一会儿,直到眼睛适应了黑暗。他戴上手套,拨开玻璃门的插销。

拿着折叠好的纸箱和胶带,再带上手电筒,昭夫再次来到院子里。他在黑暗中将纸箱组装好,用胶带粘牢底部,然后把目光投向黑塑料袋。

紧张和胆怯包裹住他的身体。他能看到的只有女孩的脚，还没有正视过死者的全貌。

他口干舌燥，此时最真实的想法就是逃走。

他此前并非没见过尸体。最近的一次就是看到父亲的遗体，但当时完全感受不到恐怖和怪异。医生确认死亡之后，他甚至还摸过父亲的脸。

但现在和当时完全不一样。昭夫光是看到黑塑料袋就双腿发软，更没有勇气掀开。

确实，不知道尸体的样子，又必须面对，这才是最恐怖的。如果是病死的，断气前后其实并没有太大的区别，乍一看甚至都不知道是否已经死亡。然而，院子里放着的是一个本来活蹦乱跳却突然被杀害的小姑娘，还是被掐死的。昭夫不知道这样的尸体会是什么样子。

令他感到恐怖的理由还不止这些。

如果报警，就不会感到这么恐怖。若有正当的理由，把尸体装进箱子也不会这么痛苦。

昭夫知道，自己做的事是绝对违背道德的，因此才很胆怯。看到尸体后，这种胆怯更明显了。

远处传来汽车的声音，昭夫这才回过神来——现在可不是发呆的时候。如果让邻居发现，一家人就都完了。

刹那间，昭夫又考虑是不是就这样带着塑料袋一起运走，放进公园的厕所，再闭着眼睛把塑料袋掀走，这样就不用看尸体了。

但他马上又摇了摇头。不检查一下尸体是不行的，因为不清楚尸体上有没有伤痕，很可能留下直已作案的证据。

昭夫对自己说，只好如此了。不管如何不人道，为了保护家人，别无他法。

深呼吸之后，他蹲下身，拽着塑料袋的一端慢慢拉开。

女孩白皙纤细的腿在黑暗中显现出来。她的身体小得令人吃惊，昭夫想起车站前的那个男人曾说女孩今年七岁。为什么儿子会对这么小的女孩下手，昭夫不得而知。

黑暗之中看不太清。昭夫下定决心，伸手掏出手电筒，先冲着地面打开开关，再慢慢移向尸体。

女孩穿着格子布裙和带有小猫图案的粉红色运动衫，估计是她妈妈想让她看起来更可爱。真不知道那个母亲现在怀着怎样的心情。

再向上移动光线，女孩白皙的脸庞映入眼帘。昭夫立刻关上了手电筒。

良久，他一动不动，大口喘着粗气。

女孩仰面躺着，脸朝着正上方。昭夫没有直视女孩，但那张脸仍然烙印在了他的视网膜上。他清楚地看到，微弱的光线之下，女孩大大的眼睛反射着光亮。

昭夫觉得自己已到达极限。

好像并未留下什么与直已相关的痕迹，昭夫打算就这样直接把女孩的尸体装进纸箱，如果去动，反而会弄巧成拙，留下证据。其实昭夫心里清楚，这都是给自己找的借口。他的精神已经撑不住了。

昭夫怕看到女孩的脸，便把双手伸到女孩身体下面向上抱起。尸体出乎意料地轻，简直就像个洋娃娃。因为小便失禁，裙子上湿漉漉的。一股恶臭钻进鼻子。

要把女孩放进箱子，必须稍稍挪动一下她的手脚。以前听说时间长了尸体会变得僵硬，实际上并不是那样。放好后，昭夫合掌祈祷。

放下手后，昭夫发现脚下有个白色的东西。用手电筒照过去一看，是只小小的运动鞋。此前看着女孩的白色袜子，竟没想到去找掉下的鞋，真是好险。

昭夫把手伸进箱子，拽出女孩的一条腿。运动鞋是高帮的，大概因为不方便穿脱，鞋带没有系上。昭夫给女孩穿上鞋，认真地系好了鞋带。

下一个问题就是怎么把纸箱运到公园。女孩虽很轻，但箱子并不好拿，重心也不稳。另外，徒步到公园需要十分钟，昭夫想尽量避免中途放下箱子休息。

稍一思索，昭夫想到用自行车。他从大门口回到屋里，拿上车钥匙又来到外面。自行车停在家门口，是八重子买菜时用的。

昭夫蹑手蹑脚地打开院门，确认路上没人后走了出去。

打开车锁，昭夫把车正对着门口停下，正打算回到院子时却吓了一大跳。

纸箱旁边站着一个人。突如其来的打击让昭夫一时说不出话。

"你在干什么？"昭夫很快认出了那个人，皱着眉小声说道。

穿着睡衣的政惠呆呆地站在那儿，看着斜上方，仿佛对纸箱并不感兴趣。

昭夫拽住母亲的胳膊。"大半夜的，这是干什么……"

政惠没有回答，似乎根本没有听到，像是正在夜空中寻找着什么。黑暗中看不清她的表情。

"天气真好。"政惠终于说了句话，"可以去郊游了。"

昭夫真想一屁股坐在地上。母亲慢吞吞的声音让他精神更加紧张，倍感疲劳，甚至开始憎恨没有任何罪过的母亲。

昭夫一手抓着母亲的手腕，一手推她的后背。政惠拄着拐杖。精神上明明变成了孩子，外出时却要拄着拐杖。许多接触过老年痴呆症患者的人都说，他们的想法是常人不能理解的。

拐杖上拴着铃铛，每动一下就会发出悦耳的铃声。昭夫一家刚搬到这栋房子时，这铃声欢快地迎接了他们，但今天昭夫却觉得格外刺耳。

"快进去，别着凉了。"

"明天一定是个晴天。"政惠歪着头说道。

"是晴天，不用担心。"

大概是回到了小学时代，昭夫想。政惠以为明天要去郊游，才会担心天气，出来查看。

被昭夫送进家门后，政惠把拐杖往鞋柜上一放便自顾自地走着，光着的脚上沾了不少泥土。她一瘸一拐地向走廊走去。

狭长幽暗的走廊尽头就是她的房间，这样她可以尽量不和八重子接触。

昭夫揉了揉脸，觉得好像连自己都被影响得不正常了。

旁边的拉门打开，八重子探出头来，皱着眉头问："怎么了？"

"没什么，是我妈。"

"嗯？她又做了什么？"八重子的声音中带着明显的厌恶。

"没什么大不了的，关键是马上要做的事。"

八重子点了点头，挤出一丝笑容。"多注意啊。"

"知道。"昭夫背对着妻子打开了大门。

回到院子，昭夫冲着纸箱叹了口气。看来现在不得不接受这个事实：纸箱中放着一具尸体，自己必须把它运走。毫无疑问，这是自己人生中最险恶的一个夜晚。

昭夫把纸箱合上，抱了起来。纸箱拿起来很别扭，而且确实比只搬尸体要重。昭夫走到外面，将纸箱放到自行车的后座上。后座很小，固定箱子有些困难，显然也不能骑车。昭夫一只手握着车把，一只手托着箱子，慢慢向前走。路灯照在他的后背上，投下一个长长的影子。

应该接近凌晨两点了。幽暗的道路上一个人都没有，但还有几家的窗户里透出些光亮。昭夫努力不弄出声音，小心翼翼地走着。

公共汽车已停运，所以不用担心有人从主干道那边过来。需要留心的是小汽车。没有了电车和公共汽车，只有出租车之类的才会来这片狭小的住宅区。

昭夫正担心着，前方射来车灯的亮光。昭夫赶紧躲进旁边的小路。因为是单行道，不用担心车会过来。果然，一辆黑色出租车开了过去。

昭夫接着向前走。区区十分钟即可抵达的距离，却漫长得恐怖。

银杏公园在住宅区的正中央，广场周围全种着银杏树，是个朴素的公园。这里有长椅，却没有能躲雨的地方，因此没有长住于此的流浪汉。

昭夫推着自行车，绕到位于公园一角的公厕背面。大概是下了雨的缘故，地面有些软。厕所里没有亮灯。

昭夫抱着纸箱，一边注意周围，一边走近厕所。不知该进男厕还是女厕，略一犹豫，昭夫进了男厕。因为要伪装成被变态凶手杀害的场面，还是男厕更合适。

男厕里的臭气让人恶心。昭夫尽量屏住呼吸，小心翼翼地搬着纸箱。他打开手电筒，推开唯一一个隔间的门。里面脏得出奇，把女孩放到这里让他觉得玷污了她，但他显然已经没有退路。

昭夫叼着手电筒，打开纸箱，把女孩的尸体搬进隔间，找了个尽量远离马桶的位置，让尸体靠着墙壁坐下去。可是，松手的一瞬间，女孩倒向了一边。

昭夫慌得差点弄掉了手电筒——他发现女孩背后沾着一些草。不用说，就是前原家院子里的草。

草就是证据。

昭夫不太了解科学搜查手段，但想想也知道，单单分析草就能明白是哪个种类、在什么环境下生长，那样警察就会逐一调查附近的所有草坪。

昭夫拼命拍落那些草。女孩的裙子和头发上也沾着。但他又发现即使都拍掉也毫无意义，必须从现场清除才行。

绝望掠过他的心头。他捡起拍落的草，扔进马桶，又把手伸进女孩的头发寻找，这时已由不得他再恐惧了。

终于做完了，他准备放水冲满是草的马桶，然而压下把手才发现没有水。他拼命地压把手，但还是一滴水都没有。他走出隔间，拧开洗手池的水龙头。一股细细的水流了出来。他摘下手套，双手接水，接到一定程度就捧到隔间里冲马桶，但水太少，冲不下去。

如此反复几次，昭夫不禁觉得自己在犯傻。要是有人看见，肯定会报警的。可他现在根本无暇胆怯，干脆不管不顾，行动更加大胆了。

总算把草冲下去之后，昭夫拿着空纸箱走了出去，回到自行车旁。他叠好纸箱，想直接扔掉，可纸箱也是个重大的证据。他只好折成单手能拿起的大小，骑上自行车。

然而，刚踏上脚蹬，他看了看地面，发现湿漉漉的地面清晰地留下了轮胎的痕迹。

真险！昭夫下车用鞋底抹去轮胎的痕迹，自然也抹掉了脚印。他扛起自行车，走到不会留下痕迹的地方。

骑上车，昭夫已是大汗淋漓。湿透的衬衫贴着身体，脊背一阵发凉。额头上的汗流进了眼睛，疼痛让昭夫皱紧眉头。

7

回到家,首先令昭夫头疼的是该如何处理纸箱。箱子上沾着女孩排泄物的臭气,不可能扔到外面。要是烧掉,这个时候生火,肯定会被别人发现。

那个黑塑料袋还在院子里。昭夫心想,这么一点儿东西八重子都不能帮忙收拾好吗?他弯腰捡起塑料袋,把叠好的纸箱放了进去,然后走进屋子。

昭夫悄悄拉开政惠房间的拉门。里面一片黑暗,政惠盖着被子睡着。

昭夫打开衣柜最上面的柜门。这里政惠轻易够不到。他把塑料袋塞进去,再悄悄关好。政惠睡得很沉,一动也不动。

走出房间,昭夫发现自己身上也散发着一股臭气,一定是搬尸体时沾上的。他来到浴室脱下衣服,通通扔进洗衣机,又冲了个澡。但不管怎么用肥皂搓洗，仍有股恶臭留在鼻子里。

在卧室换好睡衣，昭夫回到饭厅。八重子已在桌上摆好玻璃杯和罐装啤酒。盘子里盛着从超市买来的菜肴，刚刚用微波炉加热过。

"这是干什么？"昭夫问道。

"你累了吧，也没怎么正经吃东西。"

这是八重子一贯的慰劳方法。

"我现在可没什么食欲。"昭夫说着打开了啤酒。他很想喝醉，可无论醉成什么样，今晚恐怕都睡不着了。

厨房里传出菜刀剁东西的声音。

"干什么哪？"

八重子不答。昭夫站起来，向厨房看去。料理台上放着一个碗，里面是肉馅。

"这么晚了你做什么？"昭夫再度问道。

"他说肚子饿了。"

"饿了？"

"刚才直巳下来，所以……"八重子咽下了后面的话。

昭夫感到脸上的肌肉在抽搐。"他还好意思喊饿？做了那种事，把父母害成这样……"昭夫大口喘气，摇着头向门口走去。

"等等，别去！"八重子喊道，"没办法呀，他还年轻，晚上什么都没吃，肯定会饿的。"

"我可是一点儿食欲都没有！"

"我也一样，可他还是个孩子呢，还不知道这事有多严重。"

"所以我要教育教育他。"

"不用这么着急。"八重子拽住昭夫的胳膊，"等这件事过去了再说，好不好？孩子也受了打击，不可能一点儿感觉都没有，对不对？所以到现在才开始喊饿。"

"他不说是怕我骂他。所以看我出去了，觉得时机到了才跟你开口。要是真的在反省，为什么不下楼？就这么一直躲在房间里？"

"哪个孩子都怕被父亲骂的。总之你先忍一晚上，过后我去和他说。"

"你说了就管用吗？"

"可能不管用，可你骂他也不管用啊，什么都解决不了。话说回来，现在最紧迫的不就是怎么保护好他吗？"

"你满脑子只想着保护他！"

"这有什么不对吗？我早就下定决心，无论如何我都会站在他那边。不管他做什么，即使他杀了人，我都要保护他。我求你了，今晚就饶了他吧。求你了！"八重子眼中闪现出泪花，泪水从脸颊流到下巴，圆睁的眼睛因充血而通红。

看着妻子痛苦的样子，昭夫胸中的怒气消散了，取而代之的是虚无感。

"放手。"

"不，你肯定……"

"我说放手！我不去二楼。"

八重子像被抽空了一样半张着嘴。"真的？"

"真的。我受够了。给我做个肉饼什么的。"昭夫甩开八重子的手，坐回饭厅的椅子上，把杯中的啤酒一饮而尽。

八重子放心了，回到厨房继续切菜。看着专心切菜的妻子，昭夫想，或许她不做些什么就不能安心吧。

"把你自己那份也做出来吧。"昭夫说，"反正要做一回，你也吃点。"

"我就算了。"

"好了，你也吃点吧。以后都不知道能不能悠闲地吃饭了。我也吃，多少吃点。"

八重子从厨房走出来。"老公……"

"明天会是很难熬的一天，就当积攒体力吧。"

八重子认真地点了点头。

8

早上五点十分,窗外晨光熹微。

昭夫待在饭厅。窗帘拉着,缝隙中透出的光线却在渐渐增强。

桌上放着盘子,里面盛着吃剩下的肉饼。玻璃杯里还有半杯啤酒,但昭夫根本无意去喝。八重子只吃了三分之一个肉饼就饱了。她觉得不适,现在正躺在和室里。只有直巳若无其事,八重子刚刚把他吃空的盘子拿下来。昭夫已经没有冲直巳发火的心情,满脑子想的都是怎么熬过这一天。

大门口响起了声音,有东西从收信口塞进来。大概是报纸。

昭夫抬了抬腰,又重新坐好。这么早出去,万一被别人看见就麻烦了。今天是星期六,昭夫从未在星期六早上出去过。如果行为异常,一定会被怀疑。况且今天的早报也不会有什么用。对昭夫而言,有用的报道最快也要晚报才能登出。

吱的一声，门开了。昭夫吓了一跳，回头去看，是八重子。

"怎么了？"她惊讶地问道。

"啊……那个门，怎么是那种声音？"

"门？"她轻轻推了一下，门立刻嘎吱作响，"啊，这个呀，有些日子了。"

"是吗？我都没注意。"

"一年多前就这样了。"八重子看了看桌上的餐具，"吃好了吗？"

"嗯，收拾吧。"

看着妻子把餐具送进厨房，昭夫将目光重新投向那扇门。他从未留意过这栋房子的一门一窗，家里到底是什么情况他也说不清楚。

昭夫环视室内。明明是从小住惯的房子，却仿佛初次看到一样。他把视线停在面向院子的玻璃门前。地板上放着抹布。

"就是在这儿杀的啊。"昭夫说道。

"嗯？你说什么？"八重子从厨房探出头来。她正在刷碗，还挽着袖子。

"就是在这个房间里杀的？"

"……是的。"

"用那块抹布擦的地板？"昭夫冲着玻璃门下面抬了抬下巴。

"没办法，不收拾的话……"八重子拿着超市购物袋，抓起抹布扔了进去。

"把它混在其他垃圾里面扔掉，才不会被看出来。"

"我知道。"八重子走进厨房，随即传来打开厨余垃圾箱的声音。

昭夫盯着原先盖着抹布的那块地板，想象着女孩的尸体躺在那里的场景。"哎。"昭夫又招呼八重子。

"又怎么了？"八重子不耐烦地说。

"女孩进了咱家屋子吧？"

"对啊。所以说，她也不是直巳强拉硬拽来的，女孩自己多少也有些责任。"

"我问的是，进屋为什么还穿鞋？"

"鞋？"

"那个女孩只穿着一只鞋。不，准确地说，她只脱了一只鞋。进屋还穿着鞋，不是很奇怪吗？"

可能是没有理解昭夫的问题，八重子显得有些不安，眼神游移。终于，她好像明白了，点了点头。"你说那只运动鞋啊，是我给穿上的。"

"你？"

"鞋就放在门口。我觉得不妥，就给穿上了。"

"为什么只穿一只？"

"光是一只就够麻烦了。鬼鬼祟祟的，被人看见就完了。我把另一只藏到塑料袋底下了，你不会没看见吧？"八重子瞪大了眼睛。

"看见了。我给穿上了。"

"太好了。"

"你没撒谎吧？"昭夫抬眼看着八重子。

"什么？"

"不会是一开始就只穿着一只鞋吧？是不是直巳把人家拽到家里，拉扯时掉了一只？"

八重子吃惊地挑了挑眉。"我干吗撒谎？真的是我穿上的。"

"……那就好。"昭夫挪开目光。想想也确实无所谓。

"话说，"八重子开口道，"春美那边怎么办？"

"春美？"

"昨天不是没让她来吗，今天呢？"

昭夫皱了皱眉，他把这件事忘了。"就说今天也不用了，星期六我来照顾。"

"她不会怀疑吗？"

"怀疑什么？春美什么都不知道。"

"……也是。"

八重子又回到厨房，开始冲咖啡。大概是等得太难受了，昭夫想，这种时候，像自己这样的人什么都做不了，家中大小事务都是由八重子处理的。昭夫从未做过饭，也没打扫过房间，所以完全不知道哪里有什么。以前有一次八重子外出，正好赶上昭夫要参加葬礼，他连条黑领带都找不到。

昭夫正要起身拿报纸，远处传来警笛声。昭夫顿时全身僵住，盯着妻子。八重子端着咖啡杯的手也变得僵硬。

"来了。"昭夫轻声说道。

"好快啊……"八重子声音嘶哑地说。

"直巳干什么呢？"

"不知道……"

"在睡觉吗？"

"我说了不知道，要不你去看看？"

"不，算了。"

昭夫喝着没加糖的咖啡，心想反正睡不着了，至少让头脑清醒一些，不知这种状态要持续多久。一想到这个，昭夫就眼前发黑。即使在尸体上找不到什么线索，警察应该也不会罢手。虽然恶性犯罪的破案率一直在下降，但并不意味着警察的能力也在下降。

"你去睡一会儿吧。"昭夫说。

"你不睡了？要去公园看看？"

"那样要是被抓个现行不就完蛋了？"

"那……"

"我再待一会儿，困了就去睡。"

"嗯，我也睡不着。"八重子站起来打开门，离开前回头看了丈夫一眼，"你别胡思乱想了。"

"胡思乱想？"

"比如去报警……"

"嗯。"昭夫点了点头，"不会的。"

"真的？我可信你一回。"

"现在报警还有什么用？"

"说的也是。"八重子叹了口气，道声晚安，走出了房间。

9

在开向案发现场的出租车里，松宫有些紧张。这是他被分配到搜查一科后接触的第二起杀人案。在上回的主妇被害案中，他还只是跟在老刑警后面打杂，没有什么参与破案的真实感和满足感。他决定这回要做些有分量的工作。

"据说死的是个孩子。"坐在旁边的坂上有些烦躁地说。

"够惨的。父母一定受不了。"

"那是肯定的。我是说工作上的事，这种案子调查起来很棘手。要是成年人被害，可以通过调查被害人的人际关系，找出有杀人动机的嫌疑人。可要是小孩子，这方法就行不通。但如果凶手是附近有名的变态狂，倒也好办。"

"你是说临时起意的犯罪？"

"有这个可能，也可能是早有预谋，总之肯定是个脑袋不正常的浑蛋干的。问题是，单从表面上看不出谁是变态狂。大人也许还能察觉，小孩就不行了，坏人说两句好听的就把他们骗了。"

坂上三十五六岁，在搜查一科已待了十多年，以前也碰上过类似的案件。

"这里是练马警察局的管辖范围……"坂上突然说道，"他们好像刚换了局长，一定干劲十足吧。"说完，他哼了一声。

听到是练马警察局，松宫深呼吸了好几次。让他紧张的不是手头的案子，他早就注意到这件案子发生在练马警察局的管辖范围内——而在练马警察局的刑事科里，有一个和他关系密切的人。

松宫脑中浮现出隆正发黄的脸。松宫几天前刚去探望过他，如今又马上要和他的儿子见面，也许冥冥之中命运真的自有安排。

出租车驶入住宅区。这是一个规划得很整齐的小区，尺子一样笔直的道路两旁排列着许多相似的房子。松宫能想象出，这里住的都是中产阶级。

前面聚集了不少人，还停着几辆警车。再稍微往前一点儿，穿制服的警察正在疏导来往车辆。坂上示意司机停车。

松宫下了出租车，和坂上拨开围观的人群挤到里面，向维持秩序的警察打过招呼后走进封锁区域。

松宫听说案发现场是银杏公园的公共厕所，但现在并不能确定这里就是杀人现场，而只是在这里发现了尸体，也就是说，这是件抛尸案。尸体上有明显的他杀痕迹，杀人案的可能性非常高。

与银杏公园相邻的道路内侧被划为封锁区域。公园入口附近站着一个松宫熟悉的人,是资深主任小林。股长石垣并没有出现。

"够早的啊。"坂上对小林说。

"我也刚到,还没看里面呢,从派出所那儿听了听案情。"小林右手夹烟,左手拿着便携式烟灰缸。松宫所在的搜查五组最近有好几个人戒烟了,但小林却是个绝口不提戒烟话题的老烟枪。

"谁发现的尸体?"坂上问道。

"附近的一个老头。早上起来喜欢在公园里抽根烟,也不知道该说他健康还是不健康。老人上厕所都频繁。一进公共厕所,看到隔间门半开着,里面就是小女孩的尸体。那老头一大早就触霉头,可别折了寿。"说话恶毒是小林一贯的作风。

"查明死者身份了吗?"坂上接着问。

"派出所应该正在与死者家属确认。法医说死亡时间已经超过十个小时。机动搜查队和派出所都出动了,但凶手估计不在附近了。"

松宫边听边把目光投向公园。中间的空地可以玩躲避球,秋千、滑梯一类的普通娱乐设施放在四周。鉴定科的人正在角落的草丛里找着什么。

"先别进去。"小林注意到松宫的视线,说道,"据说在找什么东西。"

"是凶器吗?"松宫问道。

"不是。大概没用凶器,用的是这个。"小林用夹着烟的那只手做了个卡脖子的动作。

"那是在找什么呢?"

"塑料袋、纸箱之类的吧，装尸体的东西。"

"就是说，这里不是第一现场，尸体是从别处运来的？"松宫问道。

小林轻轻地点了点头，表情并未变化。"大概是吧。"

"想把女孩带进厕所猥亵，碰到反抗就下了杀手……也有这种可能吧？"

旁边的坂上突然叹了口气。"即使是变态狂，也不会在随时有人进来的公共厕所下手。"

"要是半夜呢……"

"你觉得会有小孩子半夜出来晃荡吗？要是之前就被绑架了，也会被带到别的地方，一般都是这样。"

确实如此，松宫沉默了。小林和坂上一听到案件概要，就已判断出这里不是第一现场。

"啊，派出所的人来了。"小林吐着烟，向松宫身后抬了抬下巴。

松宫回过头，看到一个穿灰西装的人朝自己走来。那人头发梳得很细致，与其说是刑警，不如说更像个一丝不苟的上班族。

此人姓牧村。

"确认被害人的身份了吗？"小林问牧村。

牧村皱了皱眉头。"看来是没错。孩子的母亲已经没法回答问题了，父亲则说只要能尽快破案，一定全力协助。"

"听说他们昨天就提出搜索申请了？"

"刚过八点两人就来到练马警察局。他们住在主干道对面，父亲是个公司职员。"牧村打开记事本,"女孩叫春日井优菜,春天的春,星期日的日,水井的井,优秀的优,菜花的菜。"

松宫拿出记事本,写下这几个字。

牧村还说了女孩父母的姓名。父亲叫春日井忠彦,母亲叫奈津子。

"被害人是小学二年级学生,从学校步行到这里要十分钟。昨天下午四点回过一次家,之后趁母亲不注意,自己出门了,再也没回来。父母报案后,手头没有案子的警察们在女孩家到学校附近的区域四处寻找,没有找到。下午五点左右,有个和被害人年龄相仿的女孩去过主干道旁边的冰激凌店。遗憾的是店员看了优菜的照片之后,并不能肯定就是同一个人。"

"冰激凌……"小林嘟囔道。

"据说那个女孩买了一个冰激凌,旁边也没有人。"

"大概是想吃冰激凌才从家里出去的。"小林自言自语说道。

"也有这种可能。看来是个活泼的女孩,经常到处跑。"

小林点头,又问牧村:"她父亲能配合调查是吧?"

"现在借用了社区的市民中心,把夫妇俩安置在那儿。刚才我说的也是在那儿了解到的。您要去见见吗?"

"虽然组长还没来,我倒想先问问——你也一起来吧。"小林对松宫说。

凶案发生后,派出所的刑警和机动搜查队的人执行初步调查的任务,询问死者家属是其中一环。搜查一科接手后,还要再问一遍，死者家属要重复已经说过的话。在上一起案件中，松宫就觉得死者家属很可怜。现在一想到又要执行一遍令人抑郁的程序，松宫的心情不禁变得灰暗了。

牧村把三人带到市民中心。所谓的市民中心位于一栋二层公寓的一楼，据说是附近的房东廉价提供的。此楼看上去已建成二十年以上，外墙都有了裂缝。房东大概觉得反正租不出去，不如低价租给社区更划算。

一打开门就闻到一股霉味。里面是一间和室，一个穿着蓝色薄毛衣的男人盘腿坐着。他一只手捂着脸，深深地埋着头。虽然注意到有人进来，却像石头般一动不动。松宫发现，他是不能动了。

"春日井先生。"

听到牧村的招呼，春日井忠彦终于抬起了头。他脸色发青，眼窝深陷，微秃的前额泛着些许油光。

"这几位是警视厅搜查一科的。很抱歉，想请您再详细地说一遍经过。"

春日井无力地看着松宫等人，眼角还有泪痕。"我已经说了好几次……"

"实在抱歉。"小林低下了头，"但是为了尽快抓住凶手，我想最好我们也能和家属直接交流。"

"从哪儿说好呢？"春日井几乎呻吟着说道，像是在用尽全力忍住悲伤。

"您在昨晚八点左右提出搜索申请，那是什么时候发现女儿不见的？"

"我妻子说是六点左右。她当时正在准备晚饭，根本不知道优菜是几点出去的。我下班途中接到家里的电话，说优菜不见了，也许是来车站接我了，让我留意。去年有过一次这样的事，优菜独自来接我。当时告诉她一个人太危险之后，就再没有过了……"

从这里走到车站大概要花三十分钟。松宫觉得这很可能是女儿为了让爸爸高兴进行的一次小小的冒险。

"当时您夫人没太担心，是吧？"

春日井摇了摇头。"不，当然是担心的，我也放心不下。但是我妻子认为，如果去车站找，万一优菜突然回来，家里就没人了，所以她即便着急还是待在了家里。"

根据这句话，松宫推断这是一个三口之家。

"我到家的时候是六点半左右。优菜还没回来，我就着急了，把钥匙放到邻居家后，和妻子一起把能想到的地方全找了一遍，还拿着照片在车站问过，附近的公园、小学……也都问过。这个公园也来了，可没想到，竟然……在厕所……"春日井痛苦得说不出话来。

松宫没有看他，只是一味地记笔记，可记录的内容只能再次印证这个悲惨的事实。就在松宫向后翻过一页时，听到了一个轻微的声音，便抬起头来。

那声音像是呜呜的风声，从紧闭的拉门里面传出。

其他刑警也注意到了，和松宫看向同一个地方。

春日井便轻声说道:"是我妻子。"

"我们请她在里面的房间休息。"牧村用平静的口吻说。

这时,又传来呜的声音,确实是人发出的。松宫这才意识到那是有人在哭,只是已经泣不成声——喉咙完全嘶哑,即使想哭喊,也只能发出如微弱气流一样的呜咽。

"呜……呜……"

刑警们都陷入了沉默,松宫竭尽全力才没有逃出房间。

10

上午十点刚过,前原家的门铃响了。此时昭夫正在上厕所。慌慌张张地洗手时,他听到八重子正通过对讲机和门外的人说话。对讲机的话筒挂在饭厅的墙上。

"……是的。啊,但是,我们什么都不知道。"对方好像又说了些什么,过了一会儿,八重子又说:"……嗯,好的,我知道了。"

昭夫进来时,八重子刚刚把话筒放回原处。

"来了。"

"谁?"

"当然是警察了。"八重子眼中掠过一丝愁云,"除此之外还会有谁?"

昭夫本就心绪不宁,闻言心跳得更快了,体温好像也跟着上升,还打了一个冷战。

"怎么会来咱家？"

"不知道。反正得赶紧出去见见，不然他们该起疑心了。"

昭夫点了点头，走向大门，途中做了几次深呼吸。尽管如此，心跳也没有慢下来。

昭夫并不是没考虑过警察会来。他根本不知道直巳杀害女孩之前都干了什么，或许被人看见了也说不定。昭夫决心隐瞒下去，他已没有退路。

然而，当警察真的来了，不安和恐惧还是让昭夫双腿发软。面对查案的专家，外行人的谎言能管用吗？昭夫对此毫无头绪。再说他也没有能将谎言坚持到最后的信心。

开门之前，昭夫闭上双眼，拼命调整呼吸。虽然从外表上看不出剧烈的心跳，但如果呼吸紊乱，警察一定会察觉异样。

不要紧，昭夫暗暗对自己说，警察来了，也不代表事情已经败露，只不过是在案发现场周围撒网式调查罢了。

昭夫舔舔嘴唇，干咳一声，打开了大门。

小小的院门外站着一个穿深色西装的男子。他个子很高，大概有三十五六岁，脸庞轮廓清晰，因久经风吹日晒，上面的光影看起来格外浓重。

"十分抱歉，打扰您休息了。"男子指着门内，轻快地说道，"现在方便吗？"

他大概是想进来谈。"请进。"昭夫答道。

男子推门走了进来，然后掏出了警察手册。

男子是练马警察局的刑警加贺。他说话很柔和，完全没有刑警的威慑力，却给人一种难以接近的感觉。

对面邻居家的大门前也站着一个穿西装的男人，正和那家的主妇说着什么。那人大概也是刑警，可见大批侦查员正在附近调查。

"有什么事？"昭夫问。他决定还是装作什么都不知道为好，因为如果被追问"为什么知道"，就没法回答了。

"您知道银杏公园吗？"加贺问道。

"知道啊。"

"今天早上在那里发现了一个女孩的尸体。"

"哦？"昭夫应道。也许装出惊讶的样子会更有利，但他却做不到，他知道自己面无表情。"这么说来，怪不得早上听到警车的声音了。"

"是吗？把您吵醒了，真不好意思。"加贺低下了头。

"不，我不是那个意思……对了，是哪家的孩子？"

"四丁目一户人家的女儿。"可能警方有规定不能透露被害人的姓名，只见加贺从西服内袋里掏出一张照片，"就是她。"

看到照片，昭夫感到毛骨悚然，一瞬间无法呼吸。

照片上是一个眼睛大大的可爱女孩。拍摄时正值冬季，她裹着围巾，扎起来的头发上别着毛绒饰物，笑容中充满幸福。

昭夫无法想象就是这个女孩，昨天被自己装进纸箱，扔在了肮脏漆黑的公共厕所里。仔细想来，他甚至都没有认真看过尸体的面容。

这么可爱的孩子……想到这里，昭夫几乎站不住了，他想蹲下来放声大叫，甚至想立刻冲上二楼，把逃避现实、沉醉于自己创造的空虚世界的儿子拖出来，拖到刑警面前。当然，他自己也必须为犯下的罪孽付出代价。

但他没有那么做。他勉强支撑着身体，拼命不让自己露出僵硬的表情。

"您见过吗？"加贺问道。他嘴角浮出笑意，一直盯着昭夫的眼睛，令人感到害怕。

"嗯……"昭夫把脑袋歪向一边，"这么大的孩子，周围倒是总能看见几个，但没注意过长相，况且我白天也不在家……"

"您在公司上班？"

"是的。"

"那请您的家人也看看吧。"

"我家人？"

"他们现在都不在家吗？"

"那倒不是。"

"请问还有谁在？"

"我妻子在。"昭夫没说政惠和直巳。

"那能请您夫人过来吗？不会耽误多少时间。"

"可以倒是可以……您稍等。"

昭夫关上门，长长地、沉重地叹了一口气。

八重子坐在饭厅的椅子上，用不安和胆怯的目光看着丈夫。

昭夫刚一转述刑警的要求，她马上厌恶地摇头。"我才不见刑警呢。老公你想想办法啊。"

"人家可说了要见你。"

"你随便编个理由，就说我正忙着呢。反正我是不想见。"八重子说完就起身走出了房间。

昭夫叫她，她也不回应，自顾自地上了楼，大概是想把自己关进房间。

昭夫摇摇头，搓了把脸，再次来到大门口。

开门后，刑警客气地笑了笑。

"她暂时走不开。"

"啊，是吗？"刑警好像很失望，"我确实是来得太突然了。那能麻烦您给夫人看看这个吗？"刑警拿出刚才的照片。

"没问题。"昭夫接过照片，"问问她见没见过就行了吧？"

"是的，麻烦您了。"加贺带着歉意低头致意。

昭夫关上门，走上楼梯。

直已的房间里听不到声音，看来总算是不玩电视游戏了。

昭夫打开对面的房门，那是夫妇俩的卧室。八重子正坐在梳妆台前，但看得出完全没有化妆的意思。

"刑警回去了？"

"没有，他让你看看这个。"昭夫拿出照片。

八重子移开视线。"怎么偏偏来咱们家？"

"不知道，这附近应该都查了个遍，大概是在找目击者。"

"你就对刑警说没见过。"

"当然只能这么说，但你也看看。"

"为什么？"

"让你知道我们做了多么伤天害理的事！"

"你瞎说什么！现在还说这些干什么？"八重子把身子扭向一边。

"让你看就看看吧。"

"不看！我不想看！"

昭夫叹了口气。看来八重子也知道，看了女孩天使一般的脸庞，心里会受不了。

昭夫走出卧室，想打开直巳房间的门，却发现上了锁。这扇门本没有锁，是直巳自己安上的。

"你干什么？"八重子把手搭到他的肩膀上。

"让那小子也看看。"

"你这么做有什么用？"

"让他好好反省一下，想想自己究竟干了什么。"

"你现在不这么做，直巳也在好好反省，所以才把自己关在房间里。"

"不可能！他就是想逃避，闭眼不看现实而已。"

"就算是这样……"八重子歪着脑袋，摇晃着昭夫，"你先忍一忍，等事情结束了……瞒过去了之后，再好好和他说也不迟啊。不用在这种时候故意去难为孩子吧，你就是这样做父亲的吗？"

看到妻子眼中流出泪水，昭夫松开了门把手，无力地摇头。

确实如此，渡过眼前的难关才是关键。但真的能渡过吗？真的还有机会和那个犯下愚蠢错误的儿子好好谈谈吗？

昭夫回到大门口，把照片还给刑警，称妻子也没见过。

"好的，给您添了这么多麻烦，真是抱歉。"加贺把照片揣进怀里。

"可以了吗？"昭夫说道。

"嗯。"加贺点了点头，望向旁边的草坪。

昭夫心下一惊，问道："还有什么事吗？"

"问个稍显奇怪的问题，"加贺说，"您家的草坪种的是什么草？"

"草坪？"昭夫明显底气不足。

"您不知道吗？"

"啊……很久以前种上的。这房子原来是我父母的。"

"这样啊。"

"那个……草坪有什么问题吗？"

"没什么，请别在意。"刑警笑着摆了摆手，"最后一个问题，从昨天到今天早上，您家里一直都有人吗？"

"从昨天到今早……应该都有吧。"

昭夫想不通刑警为什么这么问。正在这时，饭厅通往院子的玻璃门嘎啦一声打开了。昭夫吓了一跳，回头看去，原来是政惠出来了。

加贺也吃了一惊。"这位是……"

"这是我妈。不过不能问她话,她这里有点问题。"昭夫指了指自己的脑袋,"所以刚才就没跟您说。"

政惠喃喃自语地在花盆旁蹲下,似乎在找什么。

昭夫忍不住跑过去。"干什么呢?"

"手套。"她嘀咕着。

"手套?"

"没有手套的话会被骂的。"

政惠背对着昭夫在花盆前摸了半天,终于起身面向昭夫,手里拿着一只脏兮兮的手套。昭夫顿时感到一阵寒气,全身好似被冻住了——那只手套正是他昨天用过的。处理完尸体后,他忘了把手套扔到了哪里,可能是无意间放到这里的。

"这个可以吧,叔叔?"政惠走到加贺身边,在他脸前摊开双手。

"啊,干什么呀!太对不起了。好了,回家玩去吧,马上要下雨了。"昭夫用哄孩子的口吻说。

政惠看了看天空,似乎对昭夫的话表示赞同,穿过院子回到饭厅。

昭夫关好玻璃门后看向大门口,只见加贺一脸惊讶。

"如您所见,"昭夫挠着头走了回来,"所以也帮不上您什么忙。"

"真够辛苦的。您在自家照顾老人?"

"唉,是啊……"昭夫点头,"请问,您还有问题吗?"

"没有了,百忙之中打扰了,非常感谢您的合作。"

昭夫站着目送刑警离开。直到刑警的身影消失在远处,他才把视线投向院子。

他想起女孩身上的草,不由得心生绝望。

11

搜查本部设在练马警察局。下午两点,本部召开了第一次共同搜查会议。松宫注意到了坐在斜前方的那个人,上次见到他已是十年前的事了。紧绷的侧脸和以前没有什么变化,长期练习剑道锻炼出的体魄,以及一丝不苟的坐姿,都和以前一样。

松宫知道,如果接手这起案件,一定会遇见他。松宫想象不出见面时对方会有什么反应。他应该知道松宫当了警察,但或许不清楚松宫在警视厅的搜查一科。

他比松宫先一步就座。松宫坐在他后面,因此他大概还不知道松宫来了。

会议按程序进行。死亡时间是前一天下午五点至九点之间。作案手法为扼杀,除此之外没有外伤。

在死者的胃中发现了冰激凌,因此去过冰激凌店的女孩很可能就是被害人。如果是这样，死亡时间就能更精确。

有人目击银杏公园周围停过几辆车。其中大部分是商用车，平时就停在那儿。现在还没有深夜时的目击记录。

案发现场并未找到可以认定为凶手遗留品的东西，但鉴定科有一份有意思的报告。死者的衣服上沾着少量的草，种类为高丽草，生长状态不佳，也没经过护理。此外还有一部分为白车轴草，就是通常说的三叶草。鉴定科认为，这些是长在草坪里的杂草。

春日井一家居住在高层，当然没有院子。春日井优菜常去的公园里有草坪，但种类不同，而银杏公园里没有草坪。

鉴定科的另一份报告也值得注意。春日井优菜的袜子上也有微量的同种类草，而她被发现时穿着运动鞋。

警察们一致认为，虽然有可能到院子和公园的草坪玩耍打滚，但一般不会脱鞋，而且昨天上午一直下雨，露天的草地很湿，不可能光脚踩上去，更不用说穿着袜子了。还有，春日井优菜穿的鞋是高帮的，一般情况下不会掉。换句话说，她躺在草坪上，大概率并非出于自己的意愿。

最合理的推理是：女孩遇害后，被弃置在了某块草坪上。如果是这样，弃置地点自然不会是惹人注目的公共场所，只能是某户人家的院子。

因为以上情况发现得较早，机动搜查队和练马警察局的警察便在周边搜索种植高丽草的地点。但是，这种草是日本最普遍的一种草，在私人住宅里也相当常见。如果凶手作案时使用了汽车，符合条件的区域范围将会扩大，因此这条线索的调查尚未取得实质性进展。

接着是现场周围私人庭院的调查报告。第一个站起来的就是松宫刚才注意的人，这让松宫吃了一惊。

"我是练马警察局的加贺。"那人报出姓氏后开始了报告，"从二丁目到七丁目之间，院子里种草的住户有二十四家，其中有十三家种的是高丽草。但这只是向住户询问的结果，住户也有可能记错。剩下的十一家种类不详。给全部住户看过被害人的照片，有三家说认识被害人，但都说被害人最近没有去过他们那儿。"

松宫从加贺的报告中听出，他一接到报案便立即开始了调查。

接下来，其他走访的警察做了类似的报告，目前还没有发现有用的线索。

搜查一科科长说完今后的调查方针后暂时休会。目前还不能确定凶手是早就认识被害人还是临时起意，总之，认为利用汽车绑架的观点比较多。虽然尸体就扔在被害人家附近，也不能肯定凶手就住在附近，很可能是凶手故意设下了圈套。但从选择银杏公园这个不知名的地方作为抛尸地点来看，参与调查的警察都认为，凶手对这一带相当熟悉。

石垣股长把两位主任叫到身边商量着什么，并找来练马警察局的侦查员交换意见，加贺也在其中。松宫很关心他们说了什么。

谈话结束后，小林向松宫这边走来。

"我们负责调查现场周围。要收集目击信息，还要调查最近有没有孩子受到伤害，再就是草坪。鉴定科已经做出草和土壤的分析报告，发现可疑的住户要仔细核对。"

小林向部下们分配工作，松宫也被分配参与调查。

"你和加贺一组。"

听小林这么说，松宫吃了一惊。

"我想你也知道，加贺是非常优秀的刑警。我和他合作过多次。这次的工作可能有些复杂，你就跟着他干吧，会学到很多东西的。"

"但是……"

"怎么？"小林眼珠一转。

"没什么。"松宫摇头，身后突然传来招呼声。他回头一看，加贺正盯着他，眼神意味深长。

"请多多关照。"松宫说道。

散会后，松宫转身对加贺说："好久不见了。"

"嗯。"简短地回答后，加贺问道，"吃午饭了吗？"

"没呢。"

"那一起去吧，我知道一家不错的店。"

两人并排走出警察局。加贺走向车站前的商业街。"习惯了吗？"他问道。

"多多少少吧。"松宫回答，"我参与过世田谷主妇被害案的侦破，学了不少东西，对杀人案也习惯了。"

他的话里包含着些许虚荣，因为他唯独不想被眼前的这个人当成新手。

加贺笑着轻叹一声。"哪有什么习惯了,尤其是对于杀人案。如果能习惯死者家属哭泣的样子,那就是做人有问题了。我问的是你是否习惯了从刑警的角度想问题。一旦穿上制服,看周围的眼光也不一样了。"

"我当然明白你的意思。"

"那就好。时间会解决问题的。"

加贺带着松宫进了一家稍稍远离站前大道的餐馆。店里有四张桌子,两张坐着顾客。加贺选了靠近入口的桌子。坐下前,他向系着围裙的女服务员微笑致意——看来他常来这家店。

"这儿什么都好吃,我特别推荐烤鸡套餐。"

松宫点点头,翻看菜单,选择了煮鱼套餐。加贺则选了生姜烤肉。

"今天早上接到通知,我就知道会碰见你。"

"是吗?"

"看到我在这儿,你吃了一惊吧。"

"也不是,刚才看到你时,只是在想你果然在啊。"

"你知道我在一科?"

"嗯。"

"听我舅舅说的?"

"不是,我在辖区警察局也能听到你们的消息。"

"哦。"

加贺曾供职于搜查一科，大概和当时的同事还有联系。

"真没想到会和你一组。你对我们主任说什么了？"

"没说什么。你不愿意和我一组吗？"

"我不是那个意思，只是有点在意。"

"要是你不愿意，我再去和小林说，把咱们调开。"

"我说了不是那个意思。"松宫的声音不禁尖锐起来。

加贺把胳膊肘支在桌上，侧着身子说："辖区的刑警必须服从一科的安排。我们被编成一组是偶然的，你没必要想太多。"

"我当然不介意，只不过是按照股长和主任的指示工作罢了。我只把你当成一名辖区的刑警。"

"就该这样，这不是很好嘛。"加贺答得很干脆。

饭菜端上来了，确实不错，量足，营养也均衡。松宫想，对于一直单身的加贺来说，这家店一定很重要。

"姑姑身体还好吧？"加贺拿着筷子问道。

加贺突然换成亲戚之间说话的口吻，让松宫感到困惑。加贺则好奇地看着他。松宫觉得架子太大反而显得幼稚，便点了点头。

"和以前一样，嘴上不饶人。对了，她很久以前就让我碰见你时代她问好。我当时还说，我可不知道何时能碰见。"

"啊。"加贺点头。

沉默中，松宫也动起筷子。许多事情盘旋在他脑中，以至于饭菜的味道只吃出一半。

加贺先吃完了，拿出手机摆弄起来，很快又放下了，不像是发邮件。

"我前几天刚去探望过舅舅。"松宫试探着加贺的反应。

加贺把手机放进口袋后,才把目光转回松宫这边。"哦。"加贺的语气听上去漠不关心。

松宫放下筷子。"你还是偶尔去看看吧。舅舅身体不大好,确切地说,活不了几天了,只不过在我面前装作健康。"

加贺不想回应,径自端着碗喝汤。

"你……"

"别说废话了,快吃,这么好吃的菜该凉了。接下来还有很多工作呢。"

明明是你先问我家里的事!松宫不满地继续吃起来。

吃完饭,手机响了。是小林。

"鉴定科有一份新的报告。被害人衣服上附着的白色颗粒的成分分析出来了。"

"白色颗粒……是什么?"

"泡沫塑料。"

"啊?"松宫不知道这意味着什么。

"家电产品的包装箱里经常使用泡沫塑料,鉴定科说也许就是那个。"

"也就是说……"

"纸箱。"小林马上应道,"凶手是把尸体放进纸箱运走的。箱子里有残留的泡沫塑料颗粒,沾在了被害人的衣服上。"

"原来如此。"

"下一步要调查银杏公园附近。纸箱很可能被凶手带走了,当然也有可能被扔掉了。但是如果凶手住在附近,最大的可能就是带回了家里。你们采集草的同时,也要留意观察有没有类似的纸箱。鉴定科的人说,纸箱上有被害人的排泄物,相当臭,不会被拿进房间。"

"知道了。"松宫说完挂断了电话。

碰上加贺好奇的目光,松宫转述了刚刚的对话,并加了一句:"我看咱们多半会白跑一趟。"

"怎么这么说?"加贺问道。

"我要是凶手,绝不会把纸箱带回家,即使很近也不会那么做。而是开车去远处,找个合适的地方处理掉。绝对的。"

加贺却没有点头。他托腮沉思,一直盯着手机屏幕。

12

八重子突然变了脸色。她原本正拿着一杯热水暖手,现在却把手放到了饭厅桌子上。"你……现在才……你是认真的吗?"

"认真的。放弃吧,把直巳交给警察。"

八重子反复打量丈夫的脸,拼命摇头。"真不敢相信……"

"真的没办法了。我刚才说了,警方大概已经开始调查草坪。如果查出是咱们家的,再狡辩也没用了。"

"我又不是不知道,但刑警也没说尸体上沾着草啊。"

"不说也该明白,要不然为什么问草坪的种类?肯定是发现女孩身上沾的草了。"

"你不是把草都弄下来了吗?还冲进厕所了……"

"我刚才都说过好几遍了。我把能看到的都处理掉了,当时那么黑,我也不知道是不是弄干净了,留下一点儿也没什么奇怪的。"

"既然知道，你当时为什么不再弄干净点……"八重子皱着眉，懊恼地咬着嘴唇。

"你还要我怎么样？你知道有多难吗？又要避开人，又要尽快弄完。你想象一下衣服上沾着草是什么样子，那么黑，能都弄干净？难道发现衣服上沾着草，就把尸体再搬回来？"

明知这么争吵无济于事，昭夫还是不能控制自己的语气。大概是又想起了处理尸体时的恐怖：必须要把那些草弄掉，又想着尽快逃离现场，所以弄得马马虎虎。

八重子把胳膊肘支在桌子上，手扶着脑袋。"到底该怎么办呢……"

"所以说一切都完了，只能让直已去自首，我们也是共犯。那也没办法，自作自受。"

"你甘心吗？"

"不甘心，可是没办法。"

"没办法，没办法，你就会说没办法！"八重子抬起脸，斜眼瞪着丈夫，"你知道吗？这可关系到直已的一生啊。这不是偷东西或者把人打伤了什么的，是杀人……还是杀了那么小的孩子！直已的一辈子都完了！你还说没办法？我可不那么想。我要坚持到最后的最后。"

"那你说怎么办？有什么办法？被问到草坪可怎么办？"

"暂且说……说不知道，敷衍过去。"

昭夫叹了口气。"你以为警察那么好对付吗？"

"即使证明那就是咱家的草坪，也不能成为直巳杀人的证据啊。也许是女孩趁咱家没人，自己跑进来的。"

"刑警问过家里是不是一直都有人。自己跑进来，为什么没人发现？肯定会追问的。"

"没注意到呀。谁会一直盯着院子？"

"这种胡话对警察有用吗？"

"有没有用，不试试哪能知道？"八重子提高了嗓音。

"净说些没用的。"

"不管怎么说，只要不把直巳交给警察，我什么都能做。可是你呢？不管不顾，都不为他考虑。"

"我考虑的结果就是，已经没办法了。"

"不，你根本就没考虑过，只是想逃避现在的痛苦。你以为让直巳自首，自己就没事了，以后的事也无所谓了，是吧？"

"根本不是。"

"那干吗一直否认我的想法？光说不行，你倒是说出个替代方案啊！没有的话就闭嘴。不用你说，我也知道警察不好对付。即便是那样，我也有我的应对方法。"

昭夫在八重子的攻势下退却了。

正在这时，传来了奇妙的歌声。是政惠的声音。这更加刺激了八重子的神经。她抓起旁边的牙签筒扔了出去。牙签散落一地。

昭夫开口了："与其说蹩脚的谎言被逮捕，不如干干净净地去自首，才能尽快回归社会。未成年人不会被透露名字。只要搬到远方，就没有人知道过去的事。我要说的就是这些。"

"什么叫回归社会？"八重子恶狠狠地说，"都到这个地步了，还说什么漂亮话！不透露名字就没有传言了？搬家也没用，杀过小孩的标签会伴随直巳一生的。谁能接受这样的人？你会平等地看待这些人吗？我是不能。这是理所当然的。被捕的话，直巳的一生就到此为止了，我们的人生也到此为止了。你还不明白？还要我说什么？"

这回昭夫真的哑口无言了。

八重子所言的确是现实。直到现在，还有人反对保护未成年罪犯。他们认为，无论是否成年，犯罪就必须受惩罚，杀人就一定要偿命。昭夫也觉得杀人犯不可能浪子回头，对于刑满释放后就能回归社会的现行法律怀有不满。八重子说得丝毫不错，他不可能容忍一个曾经的杀人犯，哪怕那个人只是年少时犯下过错。他一直都是这么想的。

"你愣着干什么？说句话呀！"八重子的声音里带着哭腔。

政惠的歌声还在持续，听上去像念经一样。

"不能半途而废。"昭夫突然站了起来。

"什么半途而废？"

"就算是撒谎，也不能半途而废。既然隐瞒了，就要一直隐瞒下去。如果警察注意到咱家的草坪，一定会怀疑直巳。要是刑警不断追问，你觉得那小子能自圆其说吗？"

"那要怎么办呢？"

昭夫闭上眼睛，痛苦得几欲呕吐。

在得知事情经过、决定处理尸体时，他有过一个想法，是关于让直巳脱罪的手段，但他一直努力把那个想法赶出脑海。他知道，一旦把这个想法付诸现实，就再也没有退路了。

"哎……"八重子催促道。

"如果刑警来了……"昭夫继续说道，"要是到了谎话被拆穿的时候……"他舔了舔嘴唇。

"怎么办？"

"只能……自首。"

"你！"八重子的眼神凶狠起来，"我都说了我——"

"听我说完。"昭夫做了个深呼吸，"不是你想的那样。"

13

按下一户名牌上写着"山田"的人家的门铃后,传来一个男人的声音:"谁?"

松宫对着对讲机的话筒说道:"我们是警察。现在方便吗?有些事需要您协助调查。"

"啊,好……"对方的声音很困惑。

不久,门打开了,一个秃头男人不安地探出脑袋。他走下短小的台阶,来到松宫所在的院子门口。

"今天早上真是非常感谢。"站在松宫旁边的加贺说道。

"又有什么事?"房主不满地看着他们。

"您家里有草坪?"松宫问。

"对。"

"我们想采集一些草的样本。"

"啊？采我家的？"

"我想您应该知道银杏公园发现了女孩的尸体，为此我们需要调查附近所有的住宅。"

"为什么要采集草？"

"需要比对。"

"比对？"男人脸色阴沉。

"不是说您的院子有什么问题。"加贺插嘴道，"因为需要调查街道上所有住宅的草坪，这才来麻烦您。如果您拒绝，我们也不会硬来。"

"不，不是不行……我是想问，不是怀疑我们家，对吗？"

"那是自然。"加贺露出笑容，"打扰您休息了，真是抱歉。马上就能弄好，您看可以吗？所有工作都由我们来做，也不会伤害草坪，只取很少一部分。"

"那好吧，院子在这边。"房主看起来终于放心了，把他们带进院子。

松宫和加贺一起逐一走访院中有草坪的住户，采集草和泥土的样本。每一家都很不情愿，许多人尖锐地质问是不是在怀疑他们。

"效率不高啊。"走出山田家后，松宫说。

"是啊。"

"必须一个一个地说明，真是麻烦。要是本部事先打电话说明情况，我们的工作也会顺利些。"

"这样啊，你是说把说明工作和采集工作分开更好？"

"你不这么认为吗?"

"不。"

"为什么?"

"那样反而让效率更低。"

"怎么可能?"

"调查不是事务性工作,不是机械地说明情况那么简单,因为对方可能就是凶手。一边说一边观察对方的反应,有时会抓到线索,但打电话就做不到。"

"是吗?可是从声音不也能判断吗?"

"你说的也有道理。按照你的方案,如果打电话说明情况的侦查员觉得对方反应不正常,就必须一一传达给负责采集工作的侦查员。你不觉得这样影响效率吗?况且,直觉很难表述。如果传达不到位,那么实际接触对方的侦查员可能会犯下错误。另外,事先电话通知也会让凶手做好准备。我理解你厌烦这种不起眼的工作,但什么工作都是有意义的。"

"我倒是没厌烦。"松宫为自己辩解,却想不出该如何反驳。

松宫和加贺逐一走访了指定范围内院中有草坪的住户。他们把采集到的样本一个个装进塑料袋,注明取自何处。这确实是乏味的工作。同时,按照小林的命令,寻找纸箱的工作也在有条不紊地进行,但仍未发现值得怀疑的纸箱。松宫觉得根本就不可能发现。

加贺在一栋房子前停了下来,直直盯着大门口。名牌上写着

"前原"二字，是一家需要采集样本的住户。松宫注意到加贺的目光和刚才稍稍不同，增加了些许锐气。

"怎么了？"松宫问道。

"啊，没什么。"加贺略一摇头。

这是一栋古老的二层小楼。院门正对着房子的大门。门里有一段小路，右手边就是院子，里面有一片草坪，看起来没怎么护理过。

春日井优菜的衣服上除了青草还沾着三叶草。据一个对草坪有些研究的警察说，照料得很好的院子里不会有这种杂草。

松宫按响了对讲机的按钮。"谁呀？"里面传来一个女人的声音。松宫报出姓名和事由，对方简单地回答了一句"好的"。

大门打开之前，松宫根据从练马警察局复印的资料，确认了前原家的成员结构：户主前原昭夫，现年四十七岁。妻子八重子，四十二岁。还有十四岁的儿子和七十二岁的老母。

"真是普通的一家。"松宫喃喃道。

"这家的老太太似乎患有老年痴呆。"加贺说道，"这世上没什么普通的家庭。表面看来和谐的一家，其实都有本难念的经。"

"你不说我也知道。我的意思是他们和这个案子没什么关系。"

大门开了。出来的是一个身材矮小的中年男人，穿着Polo衫，外面套了一件运动服，大概就是前原昭夫。看见松宫等人，他点头致意，加贺连忙说："屡次打扰，十分抱歉。"

松宫道明来意，前原的脸上闪过一丝畏缩。松宫还不是很了解该如何捕捉这些微小的变化。

"啊……没问题。"前原淡淡地答道。

"打扰了。"松宫说着走进院子，按顺序采集草的样本。鉴定科要求尽量多采集土壤。

"请问，"前原面带忧虑地问道，"这个有什么用？"

加贺默不作声，松宫只好边采边回答："具体情况我不方便说。我们正在收集附近住宅的草坪资料，看看种的都是什么草。"

"啊，是收集那种资料啊。"

前原一定想问那种资料对调查是否有帮助，但他没有开口。

松宫把草放进塑料袋，起身向前原道谢。

这时，从屋中传出了声音。"求你了，不要去！妈！"一个女人说道，然后又传来物体倒地的声音。前原说了句"不好意思"，慌慌张张地打开门查看里面的情况，问道："喂，怎么了？"室内的女人说了什么，但听不清内容。

过了一会儿，前原关上门，转向松宫，一脸尴尬。"真不好意思，见笑了。"

"怎么了？"松宫问。

"没什么。老太太胡闹了一阵。"

"老太太？啊……"松宫忽然想起加贺刚才说过的话。

"不要紧吧？有什么我们能帮上忙的尽管开口。"加贺说道，"我们局里也有关于痴呆老人的咨询窗口。"

"没什么，请别担心。我们自己能解决的。"前原挤出笑容。

103

松宫和加贺走出院门，前原也回到房子里。看着前原的背影，松宫叹了口气。"在公司拼死拼活，回到家里还有一堆事情，那个人够辛苦的。"

"这是一个典型的当代日本家庭。国家几年前就认识到我们已经进入老龄化社会，却没有切实的对策，只好由个人背起重担。"

"在家里照顾痴呆老人，想想就头疼。我也不能总置身事外，早晚有一天得照看我妈。"

"这是许多人共同的烦恼。国家不管，只能自己解决。"

加贺的话让松宫想起了什么。"你就不一样了。"他说，"把你父亲一个人扔下，自己过着好日子，无拘无束啊。"话一出口，他就觉得说得有些过分了。加贺也许会生气。

"倒也是。"加贺淡淡地说，"生和死若都是独来独往，那多自在。"

松宫停住脚步。"所以你也想让舅舅一个人孤孤单单地去世？"

加贺好像终于回过神来，看着松宫，表情坚定地慢慢点了点头。"人怎么死，取决于他以怎样的方式活。那个人会有这样的死法，完全是因为他的活法就是如此。"

"'那个人'……"

"建立起温暖家庭的人，临终时也会得到家人的关怀。而没建立起像样家庭的人，到死时却偏偏渴望亲情，你不觉得这很自私吗？"

"我……我们的温暖家庭，都是舅舅建立起来的。多亏了舅舅，我们母子二人才没有受苦。我不想让舅舅孤独地去世。"松宫看着加贺冷漠的目光，继续说道，"你不想管你父亲就算了，我来照顾舅舅，给他送终。"

松宫期待着反驳，加贺却只是静静地点了点头。

"随你。我不想评价你的生活方式。"他说着迈出一步，又马上停下了，直直盯着那辆停在前原家旁边的自行车。

"这自行车有问题吗？"松宫问。

"没什么。走吧，还有几家没去呢。"加贺迅速转身离去。

14

昭夫透过窗帘缝隙窥视着玻璃门外的道路,两个小学生模样的男孩骑着自行车驶过。

两个刑警已离开十多分钟,应该不会回来了。

昭夫叹了口气,到沙发旁坐下。

"怎么了?"八重子坐在饭厅的椅子上问。

"刑警不在,看来不像是在监视我们。"

"所以不是只调查咱们一家?"

"估计不是,也不能肯定。"

八重子双手揉了揉太阳穴。从刚才她就一直说着头疼,大概是睡眠不足引起的。

"可是,他们已经采集了草的样本,咱们怎么做都没用了吧。"

"是啊。现在的搜查技术厉害着呢,估计会发现就是咱家的草坪。"

"大概什么时候?"

"什么?"

"下次警察什么时候来?那些分析,马上就会出结果吗?"

"嗯……我觉得用不了两三天。"

"最快的话,可能在今天夜里?"

"那也说不准。"

八重子闭上眼睛,痛苦地叹了口气,声音中充满绝望。"能糊弄过去吗?"

昭夫手拿香烟,轻轻咂了咂嘴。"事到如今,说这些有什么用。"

"可是……"

"你不是说只要直巳不被逮捕,干什么都行吗?所以我才想出那个办法。你不同意?那还是把直巳交给警察吧。"

昭夫的话里充满烦躁。他带着十二分的苦恼才做了那个决定,所以听到泄气的话让他很恼火。

八重子慌忙摇头。"不是的,我可没改变想法。我只是希望计划万无一失,可别出什么差错。"

她的声音里有为自己开脱的意思,大概是怕惹急了昭夫。

昭夫不停地抽烟,很快就抽完一根。

"咱们不是研究好几回了吗?结论是这样做就万无一失了,剩下的只能听天由命。我已经豁出去了,你也别七上八下的了。"

"我不是七上八下,只是确认一下有没有没想到的。我也已经下定决心了。刚才我演得很好吧？刑警是什么反应？"

昭夫歪着头说："我也说不好。估计没觉得你是在演戏，但给人家留下了什么印象就不清楚了。"

"是吗？"八重子有些失望。

"如果能让他们亲眼看见老太太胡闹，肯定会印象深刻，但这也做不到吧。对了，老太太人呢？"

"啊……估计是在屋里睡觉吧。"

"哦。直巳在干什么？"

八重子没有马上回答，而是皱眉思考着什么。

"怎么？又在玩游戏？"

"没有。我也把计划对他说了，他大概也要考虑很多吧。那个孩子已经受到很大的伤害了。"

"那点反省管什么用。不行，赶紧把他给我叫来。"

"你想干什么？现在要训他吗？"

"不是。这次的计划要想成功，我们所有人都必须把谎话说圆满。只要有一点对不上，警察就会刨根问底，所以要事先排练一下。"

"排练？"

"警察一定会问直巳问题。要是答得破绽百出、自相矛盾，不就麻烦了？不事先交代好，他肯定经不起盘问。所以我要做一个审讯排练。"

"这样啊……"八重子低下头，像在考虑什么。

"怎么了？快点把他叫来。"

"我明白你说的，可现在还不合适，还是过后再说吧。"

"什么叫不合适？怎么回事？"

"杀了小女孩之后，他一直情绪很低落。就算跟他说了计划，他也没法在刑警面前演好。你就不能让他不在场吗？"

"不在场？"

"就是证明事发时他不在家。这样刑警就不会找他问话了。"

昭夫看着天花板，只觉浑身无力。"是那个浑蛋说的吧？"

"什么？"

"给他做不在场证明，这是直巳让你说的吧？"

"不是，是我觉得这么做比较好。"

"是因为他说不想和刑警说话，对吧？"

八重子舔舔嘴唇，低下头。"这也没什么啊。他还只是个中学生呢，肯定觉得刑警很恐怖。你就不觉得这太难为他了吗？"

昭夫摇头。他当然明白八重子的意思。没有耐心、胆小自私的直巳，不可能应付刑警刨根问底的询问，也许会觉得麻烦，索性中途就全部交代了。可是，这究竟是谁犯下的罪呢？是因为谁才到了现在这样狼狈的境地？事到如今，直巳还把所有事都推到父母身上，这令昭夫感到很羞耻。

"谎言上再加谎言。"昭夫说，"如果直巳当时不在家里，那在哪儿？如果编不出来，警察一追查，不就露馅了？无论如何，那小子都不可能不见刑警。所以，还是少撒点谎为好。"

"就算你这么说……"

正当八重子吞吞吐吐时，对讲机的铃声响了。

夫妇二人面面相觑。

"又是刑警？"八重子脸上乌云密布，写满了恐惧，"不会是那些草查出什么来了吧？"

"怎么可能？不会那么快。"昭夫舔了舔干燥的嘴唇，拿起对讲机的听筒，低声应了一句："喂？"

"是我。"

昭夫长长地出了一口气——是春美的声音。发现不是警察，昭夫悬着的心总算落了下来，可马上又感到惊慌——他还没有想好该怎么应付妹妹。

"今天怎么来得这么早？店里休息吗？"昭夫慢吞吞地说。

"不是，我过来这附近，顺便来看看。"

"这样啊。"昭夫挂掉对讲机，看着八重子。"麻烦了，春美来了。"

"她来干什么？"

"我想办法把她支走。"

昭夫来到玄关打开门，春美已经进了院门。毕竟这里对她来说就是娘家，所以也没什么好拘束的。

"不好意思，今天你先回去吧。"昭夫说。

"回去？什么意思？"

"我来照顾妈。其实我现在正忙着呢。"昭夫装出烦恼的表情。

"怎么了？"春美皱了皱眉，"妈有什么事？"

"不是，和妈没关系……是直巳的事。"

"真巳？"

"为了升学的事，和八重子闹别扭了。"

春美面露惊讶。

"妈在家里挺老实的，身体状况也挺好。照顾吃饭什么的就交给我好了，你先回去吧。"

"要是你能搞定，我就先回去了。"

"还让你白跑一趟，真是……"

"行了。把这个给妈吃。"春美递过手中的超市购物袋。

里面装的是三明治和纸盒装的牛奶。

"吃这个就行？"昭夫问道。

"最近妈就喜欢三明治，这让她有一种去野餐的感觉。"

"哦？"昭夫第一次听说此事。

"放到壁龛上就行了。妈会自己拿去吃的。"

"为什么是壁龛上？"

"不知道。妈有她自己的规矩吧，像个小孩一样。"

虽然难以理解，昭夫也只能接受。

"明天怎么办？"

"啊，要是有需要，我给你电话，不打电话你就不用来了。"

"没问题吗？"春美瞪大了眼睛。

"最近这两三天妈身体不错。双休日我在，也能帮上忙，哪好意思总麻烦你。"

"嫂子也不要紧？不是在闹别扭吗？"

"我不是说了嘛,是因为直巳升学的事闹的别扭。总之妈一点儿问题都没有,你就别担心了。"

"真的?那就好。但是也不能大意,没准妈突然就干傻事。嫂子的化妆品什么的都藏好了?"

"化妆品?"

"妈最近好像对化妆品感兴趣,但不是像成年女性那样,而是像小女孩学妈妈涂口红的样子来恶作剧。"

"她还会做这种恶作剧?"昭夫想起父亲也做过这样的事。当时告诉自己的就是母亲,而如今她也和父亲一样了。

"所以在眼睛能看到的地方不要随便放化妆品。"

"知道了,我跟八重子也说一声。"

"那就好。有什么事再给我打电话。"

"知道了。"

昭夫在玄关目送春美走出院门,想起自己将要做的事,心中对妹妹充满愧疚。

昭夫回到饭厅,八重子马上问道:"春美说什么?"

"我说今天也不用来照看,她觉得有点奇怪,但是我瞒过去了。"

"我听她说什么化妆品。"

"啊,是老太太。"昭夫转述了一遍。

"她还会做这种坏事啊?我一点儿都不知道。"

坏事……这个词让昭夫心里有些不舒服,可现在不是发牢骚的时候。

"把直巳叫来。"昭夫说。

"你……说你什么好啊。"

"你不能老惯着他。他知道咱们马上要干什么？不抱着必死的决心就无法渡过难关，我要让他也明白这个道理。要是以为什么都能靠父母就大错特错了。他把父母当成什么了？快把他叫来！你要不去，我就自己去。"

昭夫刚要起身，八重子抢先站了起来。"等等，我知道了，这就把他叫来。但是我求你别太严厉，要不然他会更害怕。"

"害怕是理所当然的。快把他叫来！"

"好。"八重子应了一声，出去了。

昭夫想喝酒，最好烂醉到失去意识。回过神来，他发现手中还拎着春美给的购物袋。他叹了口气，走出饭厅，拉开里屋的拉门。昏暗中，政惠正背对着他坐着。

昭夫想叫她一声"妈"，但他知道叫了也不会得到回应。现在政惠甚至不知道自己是谁。春美说过，叫"小惠"的时候，母亲的回应会多些，但昭夫不习惯这么叫。

"三明治来啦。"

他这么一说，政惠顿时回过头来，像小女孩一般开心地笑了，昭夫看了却不寒而栗。

政惠爬到昭夫跟前，抓住袋子又爬到了壁龛处。她取出三明治，一个个排好。

昭夫注意到她还戴着那只手套。他无法理解这个东西有什么吸引力,只知道如果硬抢过来,政惠会狂怒。

昭夫离开房间,关上拉门。走在幽暗的走廊里,他突然想到自己刚刚对八重子说的话。

把父母当成什么了?

这就像是对自己说的台词。意识到这一点,昭夫羞愧地低下了头。

15

刚搬进来时,昭夫觉得和母亲住在一起是正确的。八重子和直已适应了新的环境,政惠也在自己的空间里生活。但和睦只是表面上的,沉闷的气氛真切地笼罩着这个家庭。

昭夫最初看到的变化是晚饭。一天,他和往常一样坐到餐桌旁,却没有看到政惠。

"妈想在自己房间里吃。"八重子麻利地回答了昭夫的疑问。

昭夫问为什么,八重子只是摇头。

从那以后,政惠就没在餐桌上吃过饭。不光如此,饭菜也各自准备。八重子外出打工时,政惠就趁机做自己的晚饭。

"你去跟妈说说,让她别再刷煎锅了。用那么多洗涤剂,好不容易用油保养好的锅又糟蹋了。"八重子诸如此类的责怪越来越多。

为什么分开做饭，不一起吃？昭夫心存疑问却没有开口。答案不难想到。八重子和政惠的口味完全不同，两人为此有过口角，分开做饭就是口角的后遗症。

婆媳矛盾是世间最常见的，昭夫决定对此视而不见。但因为回到家里也心情沉重，他光顾酒吧的次数便多了起来。当时他认识了一个女人，关系暧昧不清。那个女人在新桥的一家酒吧打工。

正是在那时，八重子和他商量说直巳遭人欺负。这令他郁闷又厌烦。他觉得没什么大不了的，就骂了直巳，因为直巳又给家里添了麻烦。

那段时间，因为对家庭漠不关心，昭夫一门心思和那个女人厮混，去那家店的次数从两周一次到每周一次，不久又变成三天一次。他还经常住在那个女人的住处，早上才回家。

八重子终于发现了。

"是哪儿的女人？"一天夜里，八重子责问道。

"你说什么呢？"

"别装了，你每天晚上都去哪儿了？老实交代！"

"和同事喝酒去了。你别误会了。"

"你以为这样就能糊弄我？别把我当傻子！"

争吵每晚都在继续。昭夫始终不承认在外面有女人，八重子也没找到证据。但她的疑心并未消除，反而更加确信了。昭夫和那个女人分开几年后，她偶尔还会偷看昭夫的手机。

苦闷的日子仍在继续。有一天，政惠整日都闷在屋子里。昭夫去查看，发现她正坐在檐廊边看着外面。

"干什么呢？"昭夫问道。

政惠的回答出乎意料。"好像有客人来了，我不能从房间里出去呀。"

"客人？谁呀？"

"不是来了吗？你听。"

昭夫听到的只是八重子和直巳的谈话声。他感到不快，以为政惠在挖苦他。"我不知道你们之间发生了什么，但别再计较了行吗？我已经够累的了。"

然而政惠依旧一脸茫然。"是我不认识的客人吧？"

"算了，随你的便吧。"说完，昭夫走出房间。

这时他还没怀疑什么，只是觉得政惠无处宣泄怒气，故意把八重子当成外人。实际上，在那之后，政惠仍然像往常一样对待八重子和直巳。当然谈不上和睦美满，只是一如既往罢了。

然而，事情远没有那么简单。

一天夜里，昭夫正要钻进被窝，八重子把他摇了起来，说楼下有声音。昭夫睡眼惺忪地下楼，看见政惠正在把和室里的矮脚饭桌拖进饭厅。

"干什么呢？"

"这个本来就是那个房间里的。"

"怎么会呢？不是放在和室里的吗？"

"但是，得把它放在吃饭的地方啊。"

"这是什么话！不是有餐桌吗？"

"餐桌？"

"你看。"昭夫说着打开了饭厅的门，一张餐桌出现在眼前。搬进来时，昭夫把和厨房相邻的和室改成了饭厅，餐桌就是那时买的。

政惠大张着嘴，呆住了。

想必是睡糊涂了吧，昭夫这么解释。他对八重子说出这一想法，她却不这么认为。

"妈是老年痴呆了。"八重子语气冰冷。

"怎么可能！"昭夫说道。

"你上班去了所以不知道，她确实是痴呆了。有时做出饭来就扔在一边忘了吃。我问她是不是没吃锅里的粥，她又说自己根本没做过。当然也不是总这样。"

昭夫说不出话来。继父亲之后，母亲也变成这样，真不敢想象。他眼前发黑。

"怎么办呀？我们事先可说好了，我可不是为了照顾老人才搬进来的。"

"我知道。"昭夫回答得很积极，却想不出解决方案。

政惠的痴呆程度急速加重。痴呆有许多种类型，她属于记忆力低下那种。忘记刚说的话，忘记自己在干什么，忘记家里人的长相，甚至连自己是谁都弄不清楚。春美带她去医院，据说没有治愈的希望。

八重子提出把政惠送进养老院。这可是把婆婆撵出去的千载难逢的机会。

春美却坚决反对。"我妈还是在自己家里最安心。她现在还觉得自己是在没有改建过的老房子里和我爸一起生活呢，所以才能安下心。要是送到别的地方，她肯定受不了，我绝对不会答应。"

八重子反驳道："你说得轻松，照顾老人还不都得靠我们？"

春美马上回答说自己也来帮忙。"不麻烦你们二位，我来照顾。总之请让我妈留在这里，这总可以了吧？"

妹妹把话说到这个地步，昭夫也没什么好说的，只得暂且先这么办。

最初，春美白天来，和政惠说话，给她做饭，等昭夫下班了再回去，但很快又改到晚上来。因为政惠白天大多在睡觉，傍晚时分才起来活动。春美每晚在固定时间来，每次都带着自己做的饭菜，因为政惠不吃八重子做的饭。

某日，春美说："妈是把我当成妈妈了，以为自己被寄养在别人家里，只有到了晚上才能见到妈妈。"

昭夫起初还不怎么相信，但母亲的确表现出了心智退化成幼儿的症状。他看了几本相关书籍，每本书上都有相同的建议：老年痴呆症患者有自己创造的世界。绝对不能破坏这个世界。只能一边维持它，一边和老人接触。

在政惠的认知里，这个家已经是别人的了。住在这里的昭夫等人，对她来说也只是陌生人。

16

松宫二人调查完指定区域的全部住户时已经入夜,包里塞满了装着青草样本的塑料袋。

松宫不知道有没有收获,每一户家里似乎都没有看着像是会杀害女孩的那种人。所有人都很平凡,虽然有些贫富差距,但看得出他们都在为生活奔波。

"不在这个街区。"向主干道走去时,松宫说道,"能干这种事的只有变态狂,比如那种有怪异爱好的单身男人。你想,把走在路上的女孩突然拽进车里绑架,不管是出于什么心理,肯定是跑得越远越好。在某个地方把人杀了,再将尸体扔回这里,让我们以为凶手就是这一带的人。如此看来,凶手不会是这个街区的,我的推理对吗?"

旁边的加贺没有说话,低头思索着什么。

"哎，我在跟你说话呢。"松宫叫道。

加贺终于抬起了头。

"你没在听吗？"松宫问。

"不，我都听到了。你的想法我明白，我觉得也有一定道理。"

加贺欲言又止的说话方式让松宫有点焦躁。"你想说什么就说吧。"

加贺苦笑了一下。"没什么。我不是说过吗，辖区的人听一科的指示行事。"

"你这种话真让人上火。"

"我并不想惹你，让你感到不快了，我道歉。"

两人来到主干道。松宫想叫辆出租车，加贺却突然说："我想先去一个地方。"

松宫发现一辆空车，刚要伸手拦下，闻言慌忙放下了手。"你要去哪儿？"

加贺犹豫半天，觉得可能瞒不过松宫，便叹道："有一户人家我很在意，我想再去看看。"

"哪一家？"

"前原家。"

"前原……"松宫从包里拿出资料，看了看住户列表，"哦，有老年痴呆的老太太那家。为什么怀疑他们？"

"说来话长，而且仅仅是假设。"

松宫放下资料，盯着加贺。"你不是听从一科的指示吗？那就不要对一科的人隐瞒什么。"

"我不是想瞒着你。"加贺困惑地用指尖挠了挠满是胡茬的脸，耸耸肩，"好吧，但我可事先说明，我们很有可能要白跑一趟。"

"那不要紧。有人说过，白跑的路多了，侦查的结果才可能有变化。"

这是隆正说过的话。松宫偷看加贺的表情，加贺却一言不发地走开了。

松宫跟在加贺后面来到银杏公园。这里的封锁已经解除，但公共厕所周围还拦着警戒线。也许是因为天色已晚，也许是受案件的影响，公园里空无一人。

加贺跨过警戒线，走近厕所，在门口停下脚步。"为什么凶手把尸体扔在这儿呢？"他站在原地，问道。

"公园晚上没人，到早上都不用担心尸体会被发现，不就是因为这些吗？"

"可是不引人注意的地方多的是。就算不去山里，临近的新座市里也到处都是没有人迹的草丛。如果扔在那种地方，尸体被发现的时间会更晚。为什么凶手没想到？"

"我刚才说过了，是想让警察以为是附近的人干的。"

加贺摇了摇头。"不好说。"

"不对吗？"

"对于凶手来说，比起做那种伪装，更重要的是不让尸体被发现。那样会让人觉得可能是绑架，警察也不敢轻举妄动。"

"那你怎么想？凶手为什么选择这里？"

加贺慢慢把脸转向松宫。"我认为，凶手是不得已才把尸体扔在这里的。"

"不得已？"

"对，凶手没有其他选择，即使想去更远的地方也缺乏工具。"

"工具……汽车？"

"嗯。比如凶手不会开车，或者根本没有车。"

"是吗？我认为不可能。"

"为什么？"

"如果没有车，这次犯罪就不成立了。第一，怎么搬运尸体？抱着走？再小的孩子也得有二十公斤以上。尸体装进纸箱，一定是个很大的箱子，抱着走太困难了。"

"说到纸箱，不是说里面有塑料泡沫颗粒吗？"

"嗯，所以才说是装家电的空箱子。"

"塑料泡沫颗粒意味着，"加贺竖起了食指，"凶手直接把尸体装进了纸箱。"

松宫一时未能明白，想了一会儿才恍然大悟。"是啊。"

"你有车吗？"

"有，是辆二手车。"

"二手车也是宝贵的私家车啊。假如你是凶手，会怎么办？用车搬运时，会直接把尸体塞进纸箱吗？"

"我觉得没问题。"

"即使尸体湿漉漉的也没问题?"

"湿漉漉的……"

"人被掐死时会小便失禁。死者被发现时,裙子上也是湿漉漉的。我比鉴定科的人先到现场,对此很清楚。只是因为在厕所里,才没注意到臭味。"

"这样说来,关于这个调查资料上倒是有写。"

"我再问你,你会把那样的尸体直接装进箱子吗?"

松宫舔了舔嘴唇。"死者的小便会浸透纸箱,弄脏汽车,我估计不太乐意那么做。"

"还有臭味,车上还会留下搬运尸体的痕迹。"

"我会把尸体包上一层塑料布,然后再放进箱子……应该会这样。"

"但凶手没有那么做,为什么?"

"因为不是用车搬运的……是吧?"

加贺耸耸肩。"当然也不能肯定。或许凶手大大咧咧,不在乎车里脏不脏。但我觉得这种可能性很低。"

"可如果不用车,怎么才能搬运大箱子呢?"

"这就是问题所在。你会怎么办?"

"刚才说了,抱着走太费劲,如果有手推车会方便些,但夜里推着那种东西会更引人注目。"

"我也这么想。有没有什么不起眼的、作用又和手推车一样的东西呢?"

"婴儿车……不对,要是以前的母婴车还行,现在的不行。"

加贺暗自笑了笑,拿出手机按了几下后递给松宫。"你看这个。"

松宫接过,液晶屏幕上显示出相机拍下的地面。"这是什么?"

"照片里是你现在站着的地面。估计鉴定科也拍了,不过我还是拍了一张留用。"

"这个有什么问题吗?"

"仔细看看,能看出是故意擦掉了什么吧?"

地面上确实有几条粗粗的痕迹。

"不是小孩乱画的吗?"

"更让我在意的是凶手没有留下痕迹。不管是用手推车还是什么东西,凶手一定是利用了某种工具把尸体运过来的。昨天上午一直下雨,这里的地面应该变得很软。"

"或许是这样,可已经擦掉了,就没办法了。"松宫说着把手机还给加贺。

"你仔细看看,被擦去的痕迹之间的宽度是多少?"

"宽度?"松宫又看了一遍,"三十厘米左右吧。"

"我也这么认为。三十厘米,对于手推车来说是不是小了点?"

"对。那这个是……"松宫抬起头,"自行车的痕迹?"

"大概吧。"加贺说,"而且还是有后车座的那种。最近的自行车都没有后车座。再说明确点,这辆车不太大。"

"为什么?"

"你试试就知道了。把大纸箱放在后车座上,一手扶箱子,一手握车把，自行车要是太大，手就够不到了。"

松宫想象了一下这个情景，觉得加贺说的确实有理。

"凶手的住处周围有草坪，不会开车或没有车，有一辆带后车座的自行车……"松宫边说边回想符合条件的住户，"那就是前原家。那家没有车库也没有停车位。自行车……你看到那家有吗？"

"有，还是有后车座那种。搬运箱子没问题。"

"原来如此。但是……"

"但是什么？"

"仅仅靠这点推理就盯上人家，未免太草率了。也可能凶手家里有车，却不会开。"

加贺点了点头。"我不是单靠这点盯上这家的。还有一个引起我注意的地方，手套。"

"手套？"

"初次调查时，我去过他家。给他们看春日井优菜的照片，收集目击信息的时候，我碰到了那个老年痴呆的老太太。她摇摇晃晃地来到院子里，捡起了扔在那里的手套。"

"她为什么这么做？"

加贺耸耸肩。"老年痴呆症患者的行为无法用理性的观点解释。问题是那副手套。老太太把手套拿给我看，就像这样。"他在松宫面前摊开手，"那个时候，有臭味。"

"啊？"

"有轻微的臭味，是尿臊味。"

"被害人小便失禁……是那个臭味吗？"

"我又不是狗，哪能分得那么清楚？但当时我想，如果凶手戴手套……不，凶手肯定戴了手套，因为直接用手触碰尸体会留下指纹——这样手套就会被被害人的小便弄脏。然后我们得知尸体上沾着塑料泡沫，我就想到了刚才告诉你的那些，于是逐渐开始怀疑他们家。"

松宫回想起前原一家。那是几乎随处可见的平凡家庭，户主前原昭夫看起来不像罪犯，硬要说倒是母亲胡闹时他困苦的表情更令人印象深刻。

松宫打开资料，查找前原家。"四十七岁的公司职员、妻子、读中学的儿子、老年痴呆的老母亲……这当中有一个人是凶手，而家里的其他人都毫不知情？你觉得有可能瞒过去吗？"

"不可能。"加贺马上答道，"所以如果凶手是那家的某个人，必定有其他人在帮着隐瞒。我认为，这起案件至少有两个涉案人。"

听到加贺斩钉截铁的口气，松宫看向他的眼睛。像在回应松宫的注视一般，加贺从口袋里掏出一张照片。

松宫接过照片。上面拍的是被害人的脚部，两只脚都穿着运动鞋。

"这怎么了？"松宫问。

"鞋带的系法。"加贺说，"你仔细看，会发现两只鞋的系法有微妙的不同。虽然都是蝴蝶结，打结的位置却相反，而且一只系得很紧，另一只很松。一般情况下，同一个人系的鞋带不会有这种差别。"

"这意味着……"松宫贴近照片凝视，确实如加贺所说。

"鉴定科的报告中说，两只鞋都有被脱下过的痕迹。原因还不清楚，但可以知道左脚和右脚的鞋带是不同的人系上的。"

松宫不由得说道："你是说这是全家人共同犯下的罪行？"

"即使是一个人杀的，也肯定是全家一起隐瞒。"

松宫还回照片，反复打量加贺。

"怎么了？"加贺诧异地问道。

"没什么。"

"所以我打算再去调查一下前原家的情况。"

"我也去。"

"得到搜查一科的认可，我也放心了。"

松宫追着加贺的脚步，不由得心生佩服。

17

前原家对面是太田家,是一栋白色的新房子,院子里没有草坪。松宫按下对讲机按钮,报上姓名。一个三十五岁左右的主妇走到门口。

"我想问一下对面前原家的情况。"松宫直接说明来意。

"想问什么?"主妇表情惊讶,目光中也掺杂着好奇。松宫觉得应该很容易就能套出话来。

"最近他家有什么不对劲的地方吗?就是最近两三天。"

主妇歪着头思考。"这么说来,最近没怎么碰见过他们。以前倒是会和那家的太太说话的。他们和女孩被杀的案子有关吗?"主妇很快就反问道。

松宫苦笑着摆了摆手。"详细情况我不能透露,真是抱歉。那么,您认识这家的先生吧?"

"嗯，打过几次招呼。"

"他是个什么样的人？"

"怎么说呢……很老实的一个人。他太太争强好胜，所以他看起来就很老实。"

"他有个儿子吧，中学生？"

"直巳吧。我知道。"

"那孩子怎么样？"

"嗯，就是普通男孩，不算特别活泼，小学的时候就是这样，好像一直没怎么在外面玩过。附近的小孩都在我家门前玩球，总有那么一回把球扔进院子，但直巳从来没参加过。"

看来她不清楚直巳最近的情况。

没得到什么有参考价值的信息，松宫正打算结束谈话，主妇突然说："那一家可够辛苦的。"

"您指哪方面？"

"他家不是有个那样的老太太吗？"

"噢……"

"以前那家的太太就跟我倒过苦水，说也是为了老人好，要把老太太送到养老院去。但是一来没有空位，二来她丈夫和丈夫的亲戚也不同意。变傻……不对，是老年痴呆症，得这个病真就是一瞬间的事。以前那个老太太可精神了，和儿子一起生活之后就变成那样了。"

松宫也听说过，周围环境的改变可能会加速老年痴呆症的病情发展，大概是老人心理上无法适应变化。

"可是呢，"主妇脸上露出一丝难以捉摸的微笑，"那家的太太是很辛苦，但家里有痴呆老人的又不是仅此一家。和别人比，他家还算好的呢。"

"这话怎么说？"

"每天晚上前原先生的妹妹都专门过来照顾老人，她才辛苦呢。"

"前原的妹妹？住在附近吗？"

"嗯。在车站前面开了家日用品店，店名好像叫'田岛'。"

"星期五晚上呢？"一直没有开口的加贺突然插了一句，"他妹妹也来了吗？"

"星期五啊……嗯，让我想想……"主妇想了半天，摇了摇头，"想不起来了。"

"哦。"加贺笑着点了点头。

"啊，对了，"主妇说道，"可能这两天都没来。他妹妹经常开车来，一辆非常小的车，就停在门前，所以我能看到。但是昨天和今天都没停车。"

"车啊……"加贺脸上又浮现出笑容，但很明显是在思考。

看来能从主妇这里打听到的只有这些了，于是松宫说："百忙之中回答我们的问题，真是——"

"非常感谢"还未出口，加贺突然说道："您对田中怎么看？"

"嗯？田中？"主妇不明其意，松宫也一样——田中是谁？

"斜对面的田中。"加贺指着前原家的左邻说道，"最近对那家您有没有留意到什么？不管多小的事都行。田中先生以前还是街道委员会的会长吧。"

"嗯，我们刚搬来的时候去拜访过，已经是很久前的事了。"

加贺问了两三个关于田中家的问题，又针对周围几家问了同样的问题。主妇渐渐不耐烦起来。

"为什么要问其他家？"离开太田家后，松宫问道，"没什么意义啊。"

"确实如此，没什么意义。"加贺淡淡地说。

"哦？那是为了什么……"

加贺停下来，看着松宫。"现在没有任何证据表明前原家和案件有关，一切都建立在我近乎空想的推理上。如果我们调查的人是无辜的，就要尽最大可能让他们的利益不受损害。"

"损害他们的利益？"

"我们这一问，那位主妇对前原家的印象就改变了。你也看到她那充满好奇的眼睛了吧？她可能会把我们的问话加上自己的想象告诉别人。这样以讹传讹，谣言就会吞掉前原一家。假如凶手另有其人，即使那个人被抓住了，谣言也不会轻易消失。我觉得，即使是调查需要，也要尽量避免伤及无辜。"

"所以你才问那些毫无关系的人……"

"我这么问，主妇就不会觉得只有前原家是特殊的，还会想我们或许也在别处问过她们家的情况。"

松宫佩服得五体投地。"我怎么就没想到。"

"我不是让你学我。"加贺转头看向前原家,"他妹妹没来,这让我觉得有问题。"

"来照顾老人的那个妹妹?"

"刚才我们去的时候,前原昭夫还说老太太在胡闹。这时按理说会把妹妹叫过来照顾,为什么不叫呢?"

"可能他妹妹不在家?"

"我们去看看。"

二人拦下一辆出租车,来到车站前。田岛日用品店开在主干道的拐弯处,主营面向主妇的衣服、饰品和化妆品。店里有一个四十岁左右的女子,正站着按计算器。看到他们进来,她表情疑惑地说了一句"欢迎光临",大概是没怎么见到过两个男人一起进来。

松宫拿出警察手册,她的脸色更紧张了。

"请问前原昭夫的妹妹在吗?"

"我就是……"

"啊,您好,打扰了,请问您怎么称呼?"

"我叫田岛春美。"

"前原家住着一位老人,叫前原政惠,对吧?"

"您是指我母亲?"田岛春美的目光不安地游移。

松宫问她最近有没有去照顾母亲,果然得到了否定的回答。

"我刚才去了,得知最近母亲身体很好,人也安静,今天就不必照顾了。"

"身体很好?可是……"

前原昭夫说过老人在胡闹——松宫刚想说出口，侧腹被加贺轻戳了一下。他吃惊地看着加贺。

加贺若无其事地问田岛春美："像今天这样的情况常有吗？"

她摇摇头。"只有这一次……请问，这是关于什么的调查？我哥哥家怎么了？"

"您知道银杏公园发现了女孩的尸体吗？"加贺说道。

"那个案子？"田岛春美瞪大了眼睛。

加贺点点头。"凶手很可能使用了汽车，我们正在调查附近的可疑车辆。听说有一辆车经常停在前原家门前，所以想来了解一下。"

"那是我的车。真抱歉，因为实在没有能停车的地方。"

"没事，我们只是确认一下。您也很辛苦吧，每天都去照顾母亲。"

"还好吧，就当换换心情了。"田岛春美笑着说。她的眼皮很厚，笑起来眼睛眯成了一条线。

"嗯，不过，照顾老年痴呆症患者应该很难吧，听说弄不好就会大闹起来。"加贺扯起了家常。

"也有那样的病人，但我妈不会。而且，照顾老人的话还是亲生儿女最合适。"

"这样啊。"加贺点点头，冲松宫使了个眼色。

松宫马上向田岛春美鞠躬道谢。

"向小林主任汇报吧。"加贺一走出店门便说道。

"你不说我也会这么做。"松宫说着拿出了手机。

18

对讲机的铃声又响了。今天已是第四次了,其中有两次都是刑警来调查。

这回也是他们。昭夫出去接起对讲机,颓丧地应答后放下了听筒。

"又是刑警?"八重子面露紧张地问道。

"是。"昭夫回答。

"那……按照刚才排练好的做?"

"先等等,还不知道他们的目的是什么。到万不得已的时候我先开口,然后再按我们商量好的做,明白了吗?"

八重子没有点头,双手交叉在胸前,像在祈祷。

"你这是干什么?"

"没什么……我祈求平安无事。"

"现在做这些有什么用？只能拼死一搏了！"

八重子身子一震，连连点头，小声称是。

昭夫来到玄关，打开大门。外面站着的还是那两个人——加贺和松宫。

"屡次打扰您，真是十分抱歉。"松宫不好意思地说道。

"这次又是什么事？"

"我们正在调查被害的女孩去过的地方，有人说她来过这附近。"

昭夫感到体温骤然上升，后背却冒起一阵寒意。"所以呢？"昭夫问道。

"希望您让家人都确认一下，见没见过这个女孩。"松宫拿出被害人的照片。

"今天早上我已经告诉那位警官了。"昭夫看着加贺说道。

"当时只询问了您一个人。"加贺说，"希望能和您的家人再确认一下。"

"我让我妻子看过照片了。"

"嗯。但您家还有个快上初中三年级的儿子吧？"

刑警突然问到直巳，昭夫心头一紧。他知道，警方会把各个家庭的情况都查清楚。

"我儿子应该什么都不知道。"

"也许如此，但我们也是例行公事。"

"拜托了。"松宫也在一旁说道。

"那，照片能给我吗？我去问问。"

"顺便问一句,"松宫边递照片边说,"昨天您的家人都什么时候在家?请尽可能说得详细一点儿。"

"为什么要问这个?"

"被杀的女孩有可能在草地上走过。白天我们来采集草的样本,也是为了核实这一点。"

"您是说是我家的草坪?"

"调查结果还不清楚。但是,如果女孩是自己进了院子,一定是趁家里没人的时候。我们要确认这个时间段。"

"对不起,不是只调查您一家,旁边的住户我们也要调查。"加贺讨好般地笑着。

真是这样吗?不只调查我们家?昭夫心下怀疑,但生怕问多了反而不自然,就接过照片,转身回到屋内。

"到底是怎么回事?"八重子听完情况,脸色铁青地说。

"不知道,反正要了解我们几个都几点在家。"

"就是说,需要不在场证明?"

"我想也是,但这和咱们在家的时间没关系啊。"

"刑警怀疑咱们家了?"

"有可能,但也可能是我们想多了。"

"那我们怎么办?怎么回答?"

"我正在想。"

"不要让直巳被怀疑到啊。就说他从学校回来就一直待在家里,怎么样?"

昭夫思考了一阵，对八重子摇摇头。"那样就麻烦了。"

"为什么？"

"考虑到之后的问题，也许我们应该实施那个计划了。"

"所以呢？"

"从现在开始就要布局。"

昭夫拿着照片回到玄关，两个刑警还像刚才一样站在门外。

"怎么样？"加贺问。

"我儿子也说没见过这个女孩。"

"这样啊。那么，您的家人昨天都是几点回家的，方便告诉我们吗？"

"我是七点半左右回来的。"

"麻烦问一下，您在哪里上班？"加贺掏出记事本。

昭夫说公司在茅场町，下班时间是五点半，昨天一直待到六点半。

"您一个人？"

"工作是一个人做的，但公司里还有其他同事。"

"同一个部门的同事吗？"

"有我们科的，也有别的部门的。我们都在一层楼里。"

"明白了。不好意思，能把那些人的名字和职位说一下吗？"加贺仍摆出一副低姿态。

"我可没撒谎。"

"您别误会。"加贺赶忙摆了摆手，"我不是那个意思，这也是例行公事。问话之后，必须从其他方面加以确认，这也证明我们的确完成了工作。您就把这当成形式主义、例行公事好了。"

昭夫叹了口气。"去查也没关系。我隔壁部门有个姓山本的也加班了，还有我们科的另外两个人。"昭夫一一道出他们的名字和职位。

昭夫确信，刑警肯定是在调查自己家人的不在场证明，也许草坪就是关键的线索。

加班可以证明昭夫不在场，但这对前原家毫无益处，还缩小了嫌疑人的范围。

他们今后的调查肯定会更犀利,. 临时编造的谎言根本不管用。如果警方动真格的，直巳等人撑不了多久就会坦白。

"您夫人呢？"加贺接着问道。

"去打工了，六点左右回来的。打工地点是……"

加贺边记录边漫不经心地问道："您儿子呢？"

终于来了。昭夫气沉丹田，答道："放学后就在外面瞎逛，回家时都八点多了。"

"八点多？对于一个初中生来说，是不是太晚了？"

"没错，我批评他了。"

"您儿子是一个人逛的吗？"

"是的，他没具体说，估计是去游戏厅了。"

加贺一脸疑虑地看着笔记本，抬头时脸上却又浮现出笑容。"您母亲呢？"

"我妈？"昭夫说道,"昨天好像得了感冒,一直在睡觉。您也看到了,那个样子,就算有人进来她也不知道。"

"是……感冒？今天没看出来啊。"

"前天晚上还发高烧。"

"是吗？"

"还有什么问题吗？"

"没有,就这些了。这么晚还打扰您,真是抱歉。"

确认看不到两个刑警之后,昭夫关上了门。

回到饭厅,八重子正在接电话。她看到昭夫进来,捂住话筒说:"是春美。"

"什么事？"

"说有话要问……"

昭夫心头生起一种不祥的预感,他接过电话:"是我。"

"我是春美。"

"什么事？"

"刚才有警察来了,问了妈的事。"

昭夫呆住了。警察还去找了春美。

"问了什么？"

"问我今天和昨天去没去你那儿,又问为什么没去。我说是你不让我去的,这么回答没问题吧？"

"嗯,没问题。"

"我经常在道路上停车,被当成可疑车辆了。"

"警察也来我家好几回了。附近的住户都问了一遍。"

"这么回事啊,真讨厌。妈身体怎么样?三明治给她了吗?"

"不要紧,别担心。"

"那有什么事给我打电话。"

"知道了。"

挂断电话后,昭夫无力地垂下头。

"老公……"八重子唤道。

"没办法了。"昭夫说道,"下决心吧。"

19

晚上十一点，松宫和加贺一起走出警察局。他本打算在局里过夜，但小林主任告诉他不用一天都做完，如果一开始冲得太猛，就没有后劲了。

"你接下来什么安排？"松宫问。

"直接回家，得为明天做准备。怎么了？"

"那个……能给我三十分钟吗？"

"你想去哪儿？"

松宫犹豫后答道："上野。"

加贺的脸色阴沉下来。"那个地方就算了。"

"算了……"

"明天可是很重要的一天，别迟到了。"

目送着加贺渐渐走远，松宫摇了摇头。

松宫二人一回到警察局就向小林和石垣报告了前原家的情况。石垣马上说"不愧是加贺的大胆推理"。报告的人是松宫,可上司们知道是谁注意到了前原家。

但随后石垣说:"可惜证据不足。每一个推理都很有趣,有说服力。从凶手把尸体直接装进箱子推理出没有使用汽车,这一点也很有意思。但是整体考虑起来如何呢?仅凭这些,入户搜查也很难实行。"他还强调:"特别是,如果凶手没有使用汽车,那将产生一个很大的疑问。"

"我知道。"回答的是加贺,"您是说凶手是怎么把被害人带到家里的,对吧?"

"正是。像这种犯罪,基本上都是凶手开车强行把被害人绑走。就算用甜言蜜语骗取信任,和被害人一起走路,最后也一定会用车。如果不想让被害人逃脱,这是理所当然的做法。当然也有不用车的案例。那种情况下遗弃尸体的现场就是杀人现场,因为如果一开始就把被害人诱骗到荒无人烟的地方谋害,也就没有抛尸的必要了。按照你们的推理,凶手在没有用车的情况下把被害人诱骗到自己家中杀害。凶手为什么要这么做?这样尸体也难以处理。即使本来没想杀人,应该也有猥亵的打算吧?可如果是那样,被害人可以告诉自己的父母,凶手不是马上就会被逮捕吗?"

石垣的分析冷静而有条理,但加贺对此有自己的看法。

凶手是不是以前就和被害人认识?

"我注意到,被害人是先回到家,趁她母亲不注意溜出去的。

根据此前的调查，还不能明确判定她出门的目的。我们假设她出门是去见凶手，那么被害人和凶手一起回家时并不会产生过多的抵触情绪。凶手也会天真地认为，即使稍微动手动脚，被害人也不怎么会反抗。"

听完加贺的解释，石垣思索良久才说："我知道了。这样，你们明天再去一次被害人家，彻查有没有这样的人。如果发现和前原家有关系，我们马上行动。"

"明白！"接到股长的指示后，松宫精神饱满地回答。

他产生了新的认识，觉得加贺恭一郎果然是个厉害的刑警。虽然仅仅一起工作了一天，他已经佩服起加贺的洞察力来。他这才明白小林口中"会学到很多东西"的含义。

松宫想，如果把自己和加贺搭档工作一事告诉舅舅，他该多高兴啊。他想尽快告诉舅舅，加贺有多厉害。当然，如果加贺也能来就最好不过了。

隆正所住的医院在上野。

到医院时已过了晚上十一点半。松宫从夜间入口走进去，见过多次面的中年警卫正坐在入口旁的值班室里。松宫冲他微笑，他沉默着点了点头。

松宫穿过昏暗的走廊，走进电梯，来到五层，首先走向护士站。金森登纪子正写着什么。她在制服外面披了件深蓝色的开襟毛衣。

"请问，现在可以探视吗？"他隔着窗子问道。

金森登纪子对他微笑后，表情有些迟疑。"病人已经休息了。"

"不要紧，我就是看看。"

她点了点头。"那请进吧。"

松宫低头致意，转身走进隆正的病房。走廊里一个人都没有，只有松宫的脚步声在回响。

隆正果然睡着了。侧耳倾听，还有微弱的鼾声。松宫放心了。他拉过塑料椅，在床边坐下，看到隆正瘦骨嶙峋的脖子正有规律地起伏。

旁边的小桌上依然放着棋盘。昏暗的光线下看不清楚战况发生了什么变化。不过即使有灯光也是一样，因为松宫不会下日本象棋。

也许有一段时间来不了了，松宫想。从明天开始调查会迈入正式阶段，得做好在练马警察局过夜的准备。

松宫祈祷隆正能坚持到这起案件结束。在结案之前，松宫都不一定能来，更不用说从没来过的加贺了。

看着隆正安稳的睡姿，松宫想起了十多年前的事。那是松宫上高一那年的七月，酷暑的日子，他第一次见到表哥——加贺恭一郎。

母亲告诉过他加贺的事，但一直没有相见的机会。隆正独自住在三鹰时，他和母亲一起去隆正家，有时会碰到加贺。当时加贺好像住在荻洼的公寓。

"请多关照。"介绍的时候，加贺只说了这么一句话，办完事马上就走了。他当时已经是警察,松宫想他肯定很忙,但也注意到父子二人之间几乎不说话,甚至不打照面。

此后松宫基本没见过这位比他大很多的表哥,再次见面是隆正搬家的时候。因为租住的房子到了年头,隆正决定搬到同一个房东出租的另一栋公寓里。

松宫和母亲一起帮着搬家。那时看到的奖杯和奖牌多得让松宫吃惊,都是加贺参加剑道比赛获得的,甚至还有全国锦标赛的冠军。

"小恭真厉害,学习好,当了警察后也立了很多功。"

克子对加贺夸个没完。也许其中有想让隆正高兴的意思,但她确实很喜欢这个侄子。

母子二人正分工把东西装进纸箱时,加贺进来了。隆正此时恰巧外出。也许加贺是故意趁父亲不在的时候才来的。他来到松宫母子面前,低头致意。

"真不好意思,姑姑,还有脩平,辛苦你们了。"

"这是哪里的话。我也经常受你们的照顾。"

加贺咂了咂嘴。"这些找搬家公司不就行了,麻烦你们算怎么回事?"这话听起来像在针对隆正。

"对了,小恭,这些东西怎么处理?还是送到你的住处去吧?"克子转换了话题。她指的是那些奖杯奖牌。

加贺摇摇头。"那些都不要了,让搬家公司的人来扔了吧。"

"扔了?可是,这些都是你父亲小心保管的东西啊。这样吧,还是搬到你父亲的新家去。"

"不用了，留着也是麻烦。"

加贺拉过装着奖杯的纸箱，用马克笔在上面写了大大的两个字：处理。然后他把东西一个个装箱，全部写上了"处理"。他来的目的似乎就是把自己的东西从家里——隆正那里扔掉。

他走后，隆正回来了。松宫觉得这像是他们之间的默契。

隆正也注意到了写着"处理"字样的箱子，但没说什么。克子告诉他恭一郎来过，他也只是简单应了一声。

回到自己家，松宫向母亲询问加贺父子的事，问他们是不是吵架了。

"家家都有本难念的经。"克子当时这么回答。松宫察觉出母亲知道个中缘由，但没有细问。自己一向敬重的舅舅有秘密，但松宫觉得不该打听。

之后很长时间，松宫一直没见过加贺。再次见面是大学时代，地点是医院。听说舅舅病倒了，松宫和母亲一起去医院探望。通知他们的是隆正的棋友。当天两人约好下棋，可对方怎么等也不见隆正来，去了他家才发现隆正倒在厨房。

隆正是心绞痛发作。他在医院治疗期间，松宫一直静不下心，甚至想冲进治疗室看望舅舅。

然后加贺也来了。克子告诉他是心绞痛，他用力点了点头。"那就好，要是心肌梗死就危险了。我估计没什么问题。你们先回家吧，路上注意安全。"

加贺无所谓的样子让松宫忍不住开口："恭哥，你就不担心吗？"

加贺直直地看着他。"如果是心肌梗死，我倒担心。心绞痛就不要紧了，吃药也能改善。"

"话是这么说……"

此时正好护士走了过来，报告治疗结果。用药后，隆正胸口的疼痛就消失了，可以说症状缓解了不少。因为是来看舅舅的，松宫和克子便走进了病房。加贺没有跟来，他说要听医生说明病情。两人来到病房，隆正看起来确实很健康，脸色虽不太好，但并不痛苦。

"以前我心口就老疼，早点来医院就好了。"隆正说完笑了。

克子没说加贺来了，松宫也闭口不言。他想加贺反正都来了，过一会儿自然会出现，但加贺始终没来病房。过后去问护士，才得知加贺听完医生的说明就直接回去了。

松宫很是愤慨，忍不住向母亲发了一通牢骚："这也太过分了！怎么连舅舅都不见一面就回去了？"

"小恭还有工作，才必须回去吧。"克子安慰道。

"就算是这样，好歹打声招呼吧！还是亲儿子呢。"

"我说过，这件事很复杂。"

"能有多复杂？"

对着遏制不住愤怒的松宫，克子讲了个沉重的故事，是关于隆正妻子的。

因为有儿子，隆正自然结过婚。松宫以为他妻子已经去世了。

但克子说，他妻子在二十多年前离家出走了。

"她留下了一封信，所以并不是碰上意外或是被绑架了。有谣言说她另外找了个男人，我也不知道是不是真的。当时你舅舅忙于工作，整天不在家。小恭还是个小学生，跟着剑道馆的暑期班去了信州。"

"我舅舅没去找吗？"

"应该是找了，具体情况我没细问。从那以后，他们父子俩的关系就不好了。小恭什么都不说，大概觉得母亲离家出走的原因都在父亲身上，因为父亲是个完全不顾家的人。"

"我舅舅是那样的人？可他对咱们家很好啊。"

"因为那个时候他已经退休了。再说你舅舅他以前没尽到丈夫和父亲的责任，大概也很愧疚。"

这些话让松宫很意外，他终于明白了那对父子的关系为什么那么不融洽。但他依然偏袒舅舅，觉得加贺的做法太过分了。

"最后也没找到吗？"他问道。

克子犹豫许久，才缓缓开口："五六年前有了消息，说是去世了。她一直一个人在仙台生活。小恭去取的骨灰。"

"恭哥去的？那舅舅呢？"

"我不知道。总之是小恭一个人去的。从那以后父子俩的关系就更差了。"

"舅妈怎么死的？"

"听说是因为生病，我不知道详情。小恭没有跟我提过，我也不好问。"

"但这不是舅舅的错吧?"

"话是这么说,小恭可能还是放不下吧。不过终归是父子,总会冰释前嫌的。"克子的话,在松宫听来非常乐观。

此后隆正的病情逐渐好转,不久就出院了。虽然仍要定期去医院检查,但恢复原来的生活状态不成问题。

松宫大学期间也经常去舅舅那里,多是谈论学业和毕业去向。隆正对他来说就像父亲一样。他决定当警察时,也最先告诉了舅舅。

那天隆正正在光照充足的窗边研究日本象棋,好像是自己在和自己下。松宫对下棋一窍不通。

他一边和舅舅喝酒,一边说出心中的理想。得知外甥选择了和自己相同的道路,隆正很高兴,眼睛眯成了一条线,频频点头。

隆正的房间收拾得很干净,但坦白说太寒酸了。松宫去的时候,电话从未响过,也没人来访。

"最近没和附近的人下棋吗?"松宫看着摆在房间角落里的棋盘说道。

"嗯,最近没下。好像大家都很忙。"

"我来学吧,这样就能和您下了。"

隆正摆了摆手。"不用了。有那个工夫,你不如摆弄摆弄电脑,那个东西更有用。现在的警察不会电脑可不行。我又不是非得找个人下棋不可。"

既然隆正这么说,松宫也就不便勉强他教。即使是在别的地方偷偷学，只怕隆正也不会高兴。

隆正脸上的皱纹逐年增加，魁梧的身体也变得消瘦。每次见到舅舅，松宫都有一种说不出的焦急，他觉得不能让恩人孤独终老。

既然加贺指望不上，就由自己来照顾吧，松宫下了决心。而就在这时，隆正再次病倒了。偶尔去探望他的克子发现他发了高烧，卧床不起。他说是感冒，克子怎么也不信，叫来了救护车。

松宫随后匆忙赶到，从医生口中得知隆正患了癌症。原来在胆囊的癌细胞已经扩散到了肝脏和十二指肠。高烧的直接原因是胆管发炎。医生还说，癌细胞扩散有四个阶段，隆正的情况已是末期，不可能再做手术。因为心脏病的影响，他的身体非常虚弱。

克子自然把这些情况告诉了加贺。令人吃惊的是，即便如此，加贺也没来探望，只对克子说由他来承担住院费，也可以请护工。

松宫无论如何也无法理解加贺的想法。不管过去有什么恩怨，陪伴至亲度过最后时刻，不是为人子女者的本能吗？

松宫木然地回想着这一切，突然，隆正的气息变得紊乱，随即又转为咳嗽。松宫慌了手脚，正要按枕头旁边的按钮呼叫护士，隆正微微睁开了眼睛，咳嗽也停止了。

"啊……"隆正发出微弱的声音。

"不要紧吗？"

"……是脩平啊。你怎么来了？"

"我来看看您。"

"工作呢？"

"今天的活儿都做完了。已经十二点了。"

"那就早点回去。该休息的时候不休息，身体该垮了。"

"马上就回去。"

松宫想说这次的案子自己和加贺分在一组，但又担心隆正听到这些会情绪起伏，他不可能不关心自己的儿子。

松宫正犹豫间，隆正再次发出有规律的鼾声，似乎也不会再咳嗽了。

松宫静静地站起来。我一定把恭哥带过来——他对熟睡中的舅舅暗暗发誓。

20

昭夫看了一眼闹钟,刚过早上八点,这意味着他只睡了三个小时。他彻夜难眠,早上五点钟喝了一杯兑水的威士忌才勉强睡着。一想到今天要面对的现实,昭夫并不敢喝得大醉,但没有酒精的帮助又无法入睡。

他脑中一片混乱。虽说睡着了,但他睡得很浅,印象中翻了好几次身。

八重子背对着他,躺在旁边的被窝里。她最近睡眠中的呼吸声很重,还会打鼾。然而今天她静悄悄的,肩膀和后背一动不动。

"喂。"昭夫试着叫她。

八重子缓缓转过身来。遮光窗帘让她忧郁的表情更加阴沉,目光也显得呆滞。

"你睡着了吗?"昭夫问。

八重子把脸贴在枕头上，转了转脖子，似乎是在摇头。

"也是，根本不可能睡得着。"昭夫坐起来，前后左右活动脖子，关节发出嘎巴嘎巴的声音。他觉得自己像是一部快坏掉的旧机器。

昭夫伸手拉开窗帘。在决定命运的这一天，早上的天空被厚厚的云层包裹着。

"哎，"八重子说，"什么时候动手？"

昭夫没有回答，他也正在思考这个问题。做了就再无退路，每一步都必须安排妥当，也要提前对好家里人的口供，但只有一个人例外。

"愣着干什么？"

"我听着呢！"昭夫粗暴地说。事情发生以来，他对妻子一直采用相当严厉的口气，这是结婚以来从未有过的。究其原因，自然是妻子现在全都指望着昭夫。他后悔不已，以前在其他事情上也应该强硬才对。

他把窗帘全部拉开，漫不经心地看着街道。约二十米开外停着一辆汽车，里面似乎有人。

昭夫马上拉上窗帘。

"怎么了？"八重子问道。

"有刑警。"昭夫说道。

"刑警？向这儿走来？"

"不是。停着辆车，坐在里面。可能在监视咱们家。"

八重子表情扭曲地爬起来，伸手去拉窗帘。

"别拉开！"昭夫说道，"别让他们知道我们已经发现了。"

"怎么办才好？"

"什么怎么办？先下手为强。直巳起来了吗？"

"我去看看。"八重子站起来，捋了捋凌乱的头发。

"让他把上次那个玩偶拿来，千万别放在他的房间里。其他东西都处理掉。"

"别担心，那些我拿到远处扔掉了。"

"再仔细检查一下，如果被发现一个就全完了。"

"我知道。"

八重子出去后，昭夫也站起身。他感到头晕目眩，又坐了下来，头晕这才止住，可是马上又想呕吐。他打了个响嗝，一股难闻的气味从嘴里喷出。

他想，黑暗罪恶的一天开始了。

21

春日井一家居住的公寓距主干道约一百米，位于一栋六层新楼的五楼。虽然松宫和加贺一大早就来，春日井忠彦还是马上把二人领进了屋子，大概是想积极协助调查。他看起来比昨天平静了许多。

"您夫人的身体怎么样了？"松宫问道。在市民中心听到的凄惨哭声还回响在他耳际。

"她在卧室休息。要我把她叫来吗？她说能接受调查了。"春日井说道。

松宫不想勉强，但加贺马上说道："请她过来吧。"

"我去叫她。"春日井走出了客厅。

"太残忍了。"松宫小声说道。

"我也这么想，但没办法，母亲最了解孩子的日常生活。父亲平时要上班，问不出什么。"加贺说着环视室内。

松宫也跟着观察周围。这是一个兼作餐厅和客厅的西式房间。大屏幕液晶电视旁放着一大排动画片DVD，估计是被害人喜欢看的。

饭桌上放着两份从便利店买来的盒饭，一份吃了一半，另一份丝毫未动。松宫推测是夫妻俩昨天的晚饭。

春日井回来了，后面跟着一个瘦小的女子，长发盘在脑后，戴着眼镜。她几乎没化妆，只涂了口红，而且似乎是刚涂上的，脸色很差。

"这是我妻子奈津子。"春日井介绍道。

她颔首致意后，看向刑警面前。"老公，快去给客人上茶。"

"不必了。"加贺马上说，"请坐。打扰您休息，真是抱歉。"

"查出什么了吗？"奈津子用纤细的声音问道。

"有了一些结果，还有许多待查。其中之一就是优菜为什么一个人出去。这种事常发生吗？"

奈津子缓慢地眨了一下眼睛才开口："我总跟她说出门的时候要打招呼，可她经常自己溜出去，特别是上了小学之后，好像是和朋友约好出去玩。"

"星期五也是吗？"

"那天不一样。我把她的朋友想了一遍，好像没有人约她出去。"

"优菜好像买了冰激凌，是因为这个出去的吗？"

奈津子仔细想了一会儿。"冰箱里也有冰激凌，大概不会单单为买这个才出去。"

加贺点头。"优菜有手机吗？"

奈津子摇了摇头。"我们觉得太早了……要是早知道会发生这种事，还是让她带上为好。"说着，她的眼睛湿润起来。

"有手机也不意味着安全，反而会更危险。"加贺安慰道，"她的朋友里有人有手机吗？"

"好几个人都有。"

大概都是防坏人的，松宫暗忖。最近有的手机还具备能确认位置的GPS功能，但就像加贺所说，那样可能更容易成为罪犯的目标。

"优菜有自己的房间吗？"加贺问。

"有。"

"能让我们看看吗？"

奈津子看向丈夫，确认道："可以吧？"

"请。"春日井说着站了起来。

优菜的房间是西式的，有四叠[①]半大。窗户旁边是书桌，墙边放着床，桌子和床都是崭新的。

引人注目的是书架上摆着一大排玩偶，都是某部很受欢迎的动画片里的人物。这些玩偶被套上各种各样的服装出售，人气很高，这一点连松宫也知道。

---

① 日本房间面积的计量单位，1叠约为1.62平方米。

"优菜是超公迷啊。"松宫说。

"是的,她一直非常喜欢……"奈津子声泪俱下。

"超公?"加贺一脸不解。

"就是这个动画人物,叫'超级公主'。"松宫指着其中一个玩偶说,"电视机旁的DVD应该也是这部动画片的吧。"

"对,她之前几乎每天都看。"奈津子答道,"也喜欢收集玩偶,经常求我买。"

加贺走近书桌。桌子收拾得很干净,放着小学的名签,大概上学时会佩戴,外出时摘了下来。

"这是什么?"加贺看到名签,回头问道。

"是小学的名签。"奈津子答道。

"我问的不是这个,是背面的东西,像是电话号码和邮箱地址。"加贺翻过名签,指着上面的字。松宫从旁边看到,确实用签字笔写着手机号码和邮箱地址。

"这是我们的手机号码和邮箱地址。"春日井答道。

"你们都有手机?"

"嗯。为了让优菜随时都能联系上我们,就写在名签背面了。"

"有三个邮箱啊。"

"两个是手机邮箱,另一个是在电脑上用的电子邮箱。"

加贺点点头,继续看着名签背面,像是想到了什么,突然抬起头。"电脑在哪儿?"

"在我们的卧室。"

"优菜用过吗?"

"有时候和她一起上网。"

"她独自用过电脑吗?"

"可能没有……是吧?"春日井向妻子确认。

"我没看到过。"奈津子表示同意。

"您最后使用电脑是在什么时候?"

"昨天夜里。只看了看邮件。"

"有什么可疑的地方吗?"

"可疑的地方?"

"比如收到了陌生的邮件之类的。"

"应该没有。请问电子邮件有什么问题吗?"

"没有。"加贺摆摆手,"现在还说不好。也许有必要调查电脑,能暂时借用一下您的电脑吗?"

"要是能帮助破案,当然可以……"春日井有些不放心。

"我会在破案时向您说明理由。"加贺看看手表,"不好意思,占用了你们这么长时间,这对我们的调查很有帮助。"

春日井夫妇点头致意,但他们的脸上除了悲伤,又增加了些许疑惑。

"联系小林。"一走出公寓,加贺便说,"找鉴定科的人调查春日井的电脑。"

"你是说被害人是通过电脑和凶手联系的?"

"有这个可能。"

"但听她父母说，被害人没有独自用过电脑。"

加贺闻言耸肩，慢慢摇头。"父母的话不一定对。孩子的成长比父母预想的快得多，尤其是当他们偷偷发现了某种乐趣的时候。模仿大人发送邮件，再清除痕迹，这对电子时代的孩子来说不是什么难事。"

松宫很难不同意加贺的观点，最近的未成年人犯罪足以证明这一点。

松宫掏出手机，想打给小林，手机铃声却响了。

"我是松宫。"

"我是小林。"

"我正想给您打电话呢。"松宫把加贺的看法告诉小林。

"知道了，我马上传达给鉴定科。"

"要我们留在这儿吗？"松宫问。

"不，你们现在去另一个地方。"

"哪里？"

"前原昭夫家。"

"有什么情况吗？"

"不，是他联系了我们。"

"前原？"松宫拿着手机看了看加贺。

"前原昭夫说，关于银杏公园的案件，他有事想和我们说，让我们快去。"

22

上午十点刚过,对讲机的铃声响了。对坐在餐桌旁的夫妻俩互相看着对方。

八重子一言不发地站起来,拿起对讲机听筒。"您好。"她压低声音说,"……啊,辛苦你们了。"放下听筒,她表情僵硬地看向昭夫说:"来了。"

"嗯。"昭夫从椅子上起身。

"在哪儿说好呢?"

"客厅吧。"

"嗯,也好。"

昭夫走过去打开大门。门外站着两个健壮的男子,都已见过多次,是加贺和松宫。可能是因为昭夫只说了"有事",警方才派了两个与他相熟的刑警。

"让两位特地跑一趟，真是抱歉。"昭夫低下了头。

"有什么重要的事吗？"松宫问。

"啊，那个……请进来说话吧。"

昭夫把门全打开，招呼二人进来。二人道声"打扰"，走进房子。

昭夫把二人带到六叠大的和室。身材高大的刑警正襟危坐，显得有点拘束。

八重子端来了茶。松宫和加贺低头致谢，却没有拿茶杯，大概是想尽早知道这对夫妇把他们叫来的原因。

"银杏公园的案件查得怎么样了呢？"八重子小心翼翼地问。

"刚开始调查，还在收集信息。"松宫回答。

"有什么线索吗？"昭夫问。

"这……嗯……"松宫装作讶异地来回看着昭夫和八重子。

加贺拿起茶杯喝了一口，抬头看昭夫，那双眼睛锐利得能穿人的心底，让昭夫不寒而栗。

"你们不是调查了草坪吗？我家的。"昭夫说，"有什么结果吗？"

松宫疑惑地看看身旁的加贺。加贺开口了："遗体上沾着草，我们一一比对了。"

"原来如此……那我家的草和那个一致吗？"

"您为什么想知道？"

"是一致的吧？"

加贺没有马上回答，像是在考虑是否该做出肯定的回答。"如果一致，您有什么想说的吗？"

昭夫长叹一声。"把你们叫来还真对了。无论如何是瞒不住了。"

"前原先生，您究竟……"松宫焦急地说了一句。

"加贺先生，松宫先生，"昭夫挺直身子，双手放在榻榻米上，低下了头，"真是抱歉，把女孩的尸体扔到公园厕所里的……是我。"

昭夫觉得自己如同从悬崖上跳下一般，已经没有退路，同时心中产生了一种自暴自弃的感觉。沉重的气氛笼罩着狭小的房间。昭夫一直低着头，不知道两个刑警的表情。

旁边传来八重子的啜泣声。她边哭边低声说道："对不起。"昭夫感觉到妻子也低下了头。

"意思是您杀了女孩？"松宫问道。然而他的语气中没有吃惊，大概已预料到他们是要自首。

"不。"昭夫抬起头来。两个刑警的神情比刚才更严峻了。"不是我杀的。但是……凶手是我家人。"

"家人？"

"是的。"昭夫点头。

松宫慢慢把脸扭向仍低着头的八重子。

"不，也不是我老婆。"昭夫说。

"那是谁？"

"其实……"昭夫做了个深呼吸。犹豫的想法还在脑中盘旋，但他终于彻底斩断念头，下决心说道："是我母亲。"

"您母亲？"松宫困惑地挑起眉毛，看着旁边的加贺。

加贺也问："确定是您母亲？"

"是的。"

"就是昨天我们看到的那位？"加贺执着地追问。

"是的。"昭夫收了收下巴，心脏剧烈地跳动。

这样就可以了吗？迷惑的心情如旋涡般盘旋。

只能这么做——他对自己说，必须斩断杂念。

"你们拿着女孩的照片第一次来的时候，我不是说自己和老婆都没见过吗？"

"嗯。"加贺点点头，"不是吗？"

"实际上小女孩来过我家后院，我老婆看到过好几次。"

"后院？"加贺看看八重子。

她低着头，开口道："我看到过好几次，她在后院的檐廊，拿我婆婆的玩偶玩耍。我家后面有一扇木门，女孩像是从那儿进来的。她说从墙根的缝隙里看到了玩偶，求我婆婆给她玩。不过我也不知道是哪家的孩子。"

两个刑警互相看了看。

"您母亲在哪儿？"松宫说。

"在她自己的房间，最里面那一间。"

"能见见她吗？"

"当然可以。不过……"昭夫看了看两个刑警，"我之前也说过，我妈得了老年痴呆，话都说不明白，自己干过什么也不记得……所以只怕问不出什么。"

"哦……"松宫看向加贺。

"不管怎样，先请您带我们去看看吧。"加贺说。

"好的，我知道了，真是……"

昭夫站了起来，松宫和加贺也跟着起身。八重子仍然低着头。

沿走廊走到尽头，是一个有拉门的房间。昭夫悄悄拉开拉门。房间里只有一个旧衣柜和一个小佛龛，很寒酸。以前还有梳妆台一类的东西，但政惠患上老年痴呆症后，八重子就一件件地处理掉了。她早就说过，等政惠一去世，就把这里变成自己的卧室。

政惠蹲坐在面向后院的檐廊上，似乎没注意到拉门开了，正对着面前的玩偶念念有词。那是一个稍有点脏、陈旧的法国玩偶。

"这是我母亲。"昭夫说。

两个刑警沉默着，似乎在思索该如何应对。

"我能跟她说句话吗？"松宫问。

"当然可以……"

松宫凑近政惠，弯下腰，像是要仔细观察玩偶。"您好。"

政惠没有反应，也完全不看刑警，只是抓着玩偶，摸它的头发。

"总是这样。"昭夫对加贺说。

加贺双手抱在胸前观察政惠，过了一会儿，他对松宫说："我们还是先听听前原夫妇怎么说吧。"

松宫直起腰，点头道："好。"

加贺和松宫回到原先的房间，昭夫拉上了拉门。政惠仍在摸玩偶的头发。

"我打零工一直到五点半，六点左右回到家，想看看婆婆怎样了，去她房间后吓了一跳。我看见一个小女孩倒在房间正中央，瘫在那儿一动不动。我婆婆正在檐廊上摆弄弄坏的玩偶。"

八重子一边说，两个刑警一边记。松宫记得很详细，加贺动笔的时间则很短，似乎只记下了要点。

"我试着摇了摇女孩，发现她已经没有呼吸了。我马上想可能是已经死了。"

听着八重子的陈述，昭夫腋下流出冷汗。

二人说的都是编造好的谎话，还反复检查过有没有自相矛盾或会让警方怀疑的地方。但这毕竟只是外行编的故事，在专业的刑警看来难免破绽百出。昭夫想，即使那样，也只能一口咬定，除此之外别无退路。

"我问婆婆究竟对孩子干了什么，但她还是老样子，话也说不清楚，好像连我问的是什么都不明白。我一再追问，她终于说那孩子弄坏了贵重的玩偶，所以要惩罚她。"

"惩罚？"松宫不理解。

"所以说，"昭夫插嘴道，"这大概就是两个孩子之间的打闹，我不知道女孩干了什么，可能是惹到我妈了，也可能是太吵了。总之我妈想教训她一下，没想到弄死了。我妈虽上了年纪，可是很有力气，小女孩根本扛不住的。"

昭夫自己都觉得这番话没有说服力。刑警会相信吗？

松宫看着八重子。"在那之后，您……"

"我给我丈夫打了电话。"她说道，"大概在六点半左右。"

"电话里说具体情况了吗？"

"没有……因为说不清楚，就只是让他早点回来，还有拜托他让妹妹晚上不要来照顾了。"

这一段是真的，所以八重子的语气也平静了许多。

松宫盯着八重子。"您当时是怎么想的？没想过报警吗？"

"当然考虑过，可我一个人做不了主。"

"您丈夫回来后一定看到尸体了吧？"

昭夫点点头。"我吓坏了。听了经过之后眼前一阵发黑。"

这也是事实。

"是谁提议扔掉尸体的？"松宫逼近核心部分。

八重子瞥了昭夫一眼。察觉妻子的眼神，昭夫吸了口气。"没有谁。没办法才这么做的。如果报警，这里就不能再住下去了。我们商量能瞒着就瞒着，然后才开始想要把尸体搬到哪儿……可终究逃不出法网。真是万分抱歉。"

昭夫边说边想，这栋房子只能卖掉了。但谁会买出过杀人案的房子呢？

"为什么扔到银杏公园？"松宫问。

"没有什么特别的理由，只是想不到别的地方。我家没有车，不可能去太远。"

"什么时候扔的？"

"深夜，已经过了零点，是第二天了，大概凌晨两三点钟。"

"那么，"松宫拿起笔，"请尽量详细地描述当时的情景。"

23

前原昭夫垂头丧气说话的样子，看起来不像是在撒谎。他的脸痛苦地扭曲着，声音颤抖。他的妻子在一旁垂着脑袋，不停啜泣，偶尔还用湿漉漉的手绢擦擦眼角。

他对抛尸的供述很有说服力，特别是冲水的时候发现隔间里没水，只能将洗手池的水用手捧过去好几回这样的细节。发现尸体的厕所的冲水装置是坏的这件事，新闻并没有报道。

此外，抛尸过程中的恐惧和焦虑也让人信服。由于太想逃离现场，即使发现了女孩身上沾有草，也没能彻底清除，刑警对此没有表示疑问。草是在女孩被放入箱子以前，临时搁在草坪上时沾上的。

"你们来过我家里好几回，尤其是确认不在场证明的时候，我就知道怎么也瞒不下去了，所以就和妻子商量，决定全部坦白。

犯下如此严重的罪行，我们不知道该说什么，只想向女孩的父母谢罪。"一说完，前原的肩膀就垮了下去。

松宫看向加贺。"和局里联系吧？"

加贺却没有点头，似乎在考虑什么，微微摇了摇头。

"怎么？"

加贺转向前原说道："能让我再见见您母亲吗？"

"当然可以，但刚才您也看到了，她连说话都……"

没等昭夫说完，加贺就站了起来。

他们再次走过走廊。前原拉开政惠房间的拉门。政惠还在檐廊上，冲着院子，不知在看什么。

加贺靠近她，在旁边坐下。"你在干什么呀？"他用对孩子说话时的温柔口吻问道。

政惠没有反应。也许她根本没有意识到加贺进来了，对于有人靠近也毫无警觉。

"没用的，警察先生。"前原说，"别人说什么她都听不到。"

加贺回过头，伸出手掌示意昭夫安静，然后又对政惠笑了笑，说："有没有见过一个小女孩呢？"

政惠稍微抬起头，但似乎并不是在看加贺。

"下起来了。"她突然说。

"什么？"加贺问。

"雨，下起来了。今天啊，好像不能去山里玩了。"

松宫看看外面，一滴雨都没下，只有风在吹动树叶。

"只能在家里玩了。对啦，要化妆。"

"没用的。她净说些不知所云的话，听医生说是回到幼儿时期了。"前原说道。

加贺仍没有站起来，直直地看着政惠的脸。他的视线稍稍向下移动，捡起了掉在政惠旁边的东西。松宫看到那似乎是一个揉起来的布团。

"是手套。"加贺说，"那个时候捡的那副吧？"

"应该是。"

"那个时候？"松宫问。

"我昨天来的时候，看到老太太捡了一副手套，就是这副。"加贺说。

"不知道哪里吸引她了，一直戴着，现在终于摘下来了，大概是玩腻了。她和小孩一样，不知道到底在想什么。"昭夫无奈地说。

加贺认真看过手套，随后整齐地叠好放在政惠旁边。他环视屋内后问道："您母亲一直待在房间里？"

"嗯，除了上厕所以外基本都在。"

"事情发生后，您母亲去过哪里吗？"加贺问。

昭夫摇摇头。"哪儿也没去。准确来说，她痴呆了之后就渐渐不出门了。"

"这样啊。不好意思，请问你们的卧室在哪儿？"

"在二楼。"

"您母亲上过二楼吗？"

"没有。几年前膝盖出了毛病，痴呆之前就上不了楼梯了。"

听着二人的谈话，松宫思考着加贺问这些有何深意。他不明白为什么不马上报告本部，但前原就在旁边，松宫不好开口。

加贺站起来，在屋里走了一圈，像在检查什么似的观察屋里的各个角落。

"您这是……"昭夫有些焦急地询问，他大概也不理解加贺的想法。

"女孩弄坏的玩偶扔掉了吗？"加贺问。

"不，还在那儿。"前原打开衣柜，从下层拖出一个箱子。

松宫看了看里面，不禁瞪大眼睛。他搬起箱子，拿到加贺旁边。"恭哥，这……"

里面放着的玩偶和春日井优菜收集的属于同一系列。真是出人意料。

加贺看了一眼箱子里的东西，问道："这玩偶是怎么回事？"

"大概是……去年吧，我买的。"

"您买的？"

"是的，我妈变得和小孩一样之后，特别喜欢玩偶，我就在百货商店买了一个。据说是很热门的角色，反正我也不太懂，但我妈好像不是很喜欢，一直搁在那儿。不知为什么被翻了出来，这才有了后面的事。"

松宫想起春日井优菜房间里的玩偶。热衷于收藏的女孩偶然看到自己没有的玩偶，也许会贸然进入别人家里。

"您妹妹还不知情吧？"加贺问前原。

"是的，实在是很难说清楚……虽然总是要说的。"

"星期五以后，您妹妹就没来过，是吧？那谁照顾您母亲呢？"

"暂时是我和我老婆在照看。其实也没什么，她自己也能上厕所。"

"吃饭呢？"

"送到这里来。"

"您母亲一个人吃饭？"

"是的。其实就是三明治。"

"三明治？"松宫不由得问道。

"我妹妹来的时候给我的。据说我妈现在特别喜欢吃三明治。"

松宫看了看房间角落的垃圾桶，里面有三明治的包装袋和方形牛奶盒。

加贺双臂环抱，看了看政惠的背影，很快转向松宫这边。"我们去院子里看看吧？"

"院子？"

"前原先生说，是在院子里把被害人装进纸箱的。我想看看。"

松宫点了点头，但还是不明白加贺的意图。看院子有什么用？

"请你们在这儿等着。"加贺对前原夫妇说罢，走出了房间。松宫赶忙跟上。

加贺来到院子，蹲下身摸着草坪。

"草坪不是查过了吗？"松宫问。

"那是借口。我要和你说句话。"加贺说。

"什么?"

"等一会儿再联系本部。"

"啊?"

"你认为他们的话是真的吗?"

"我很吃惊,竟然是老太太杀的。"

加贺用指尖掐断一截草,又呼气将草吹走。"你信吗?"

"他们在说谎?"

加贺站起来,望向前原家的大门,压低声音说道:"我认为他们没说真话。"

"是吗?可他们的供述说得通啊。"

"那是自然,他们昨天整整一天都在编造谎言。"

"现在就判定是谎言是不是为时过早?即使是谎言,也应该先报告本部。如果他们有所隐瞒,今后的调查会查明的。"

松宫说到一半,加贺就开始点头,像是在说:这些我都明白。

"决定权在你。你要是觉得一定要现在报告本部,我也不反对。但我希望同石垣股长和小林主任谈谈,我有事找他们。"

"你什么意思?"

"对不起,现在没时间解释。"

松宫有些烦躁,感觉自己不被信任。加贺马上察觉了他的想法。

"你如果和他们正面交锋,也一定会发现真相的。"

听到加贺这样说,松宫很难再反驳。他不情愿地掏出手机。

接电话的是小林。松宫汇报了前原昭夫的供述，又说了加贺的想法。小林让他把电话给加贺。

加贺接过电话，走到一旁，小声说了些什么，然后走回来把手机还给松宫。"他说要你接。"

松宫接过电话。

"事情已经弄清楚了。"小林说。

"我们该怎么做？"

"我给你们一些时间。加贺自有想法，让他去做。"

"不用把前原带回警察局吗？"

"我说了，不必着急。我去和股长说。"

"知道了。"松宫说完便要挂断电话。

小林马上叫住他："你好好学习加贺的办案手段，今后你还要接大案呢。"

就在松宫思考着小林的言外之意时，电话那头传来一句"加油吧"，就挂断了。

他问加贺："这是怎么回事？"

"总有一天你都会明白的，我现在只说一点：刑警并不是只破案就够了，什么时候破案、怎么破案也很重要。"

松宫不解其意，皱了皱眉。

见状，加贺盯着他的眼睛继续道："这个家里有被隐瞒的真相，但不应该在警察局的审讯室里强迫他们坦白。必须在家里，让他们自己说出来。"

24

昭夫不知道两个刑警在院子里说什么。难道现在还要调查草坪？他重新想了一遍刚才说过的内容，确定没有令人怀疑的部分，也没找到自相矛盾的地方。因为除了隐瞒了直巳的罪行以外，其他的都是实情。

"他们在干什么？"八重子同样不安地问道。

"不知道。"昭夫简短地回答后望向母亲。

政惠背对着他蹲坐着，像石头一样一动不动。

这就行了，只能这样，昭夫再次对自己说。

他再清楚不过，自己干了一件伤天害理的事。为了隐瞒儿子的罪行，把老母亲当替罪羊，这种事只有畜生才干得出来。他想，假如真有地狱，自己一定万劫不复。

但除此之外，他想不到摆脱困境的方法。如果是患有老年痴呆症的老太太杀了人，应该能博得几分同情。这是老龄化社会的悲剧，前原一家也会被当成受害者，对直巳将来的影响也能降到最小。

相反，如果说出真相会怎样呢？直巳将被打上杀人犯的烙印，终其一生，前原夫妇也会因为教育出这么一个儿子而遭受蔑视和非议。就算搬家，也一定会被人发现，前原一家会被孤立、被排除在社会之外。

昭夫觉得对不起母亲，她还没意识到自己已身处绝境。昭夫不知道法院会如何处理患有老年痴呆症的罪犯，但一定不会采取和普通人相同的处罚。他想起"自理能力"这个词，听说没有自理能力的人不会被判刑。现在谁都不会说政惠有自理能力吧？

母亲也一定愿意牺牲自己来救她的孙子，当然，前提是她能理解这件事的意义。

昭夫听到大门开关的声音，走廊里渐渐传来脚步声。

"久等了。"松宫说着走进房间。加贺却没有出现。

"另一位警察先生呢？"昭夫问。

"去别的地方了，一会儿就回来。呃，我想再问一下，还有谁知道这件事？"

昭夫料到刑警会这么问，便说出准备好的答案："只有我们俩，对谁都没说过。"

"你们有个儿子吧，他也不知道？"

"我儿子，"昭夫竭力使声音保持平静，"什么都不知道。我们特意没有让他知道。"

"不可能一点儿都不知道吧?家里死了人,父母连夜把尸体弄出去,不太可能完全没察觉。"

松宫说到了昭夫的痛处。这才是决战,昭夫想。

"他真的不知道。不,说实话,现在是知道了一些,因为我报警之前和他讲了大致的情况,但在此之前他真是什么都不知道。星期五他不知跑到哪儿玩去了,回来的时候已经很晚,这个昨天我也说过。他回家时,我们已经把尸体转移到院子里了。尸体上还罩着黑塑料袋,他应该没注意到。"

"而且,"八重子在旁边说,"平时他就待在自己房间里,只有吃饭和上厕所的时候出来。半夜里父母干什么,他一点儿都不关心。所以他现在很受打击,已经不知道怎么办好了。再说他还是个孩子,听我们说完后就一直躲在屋子里。求求你们,就让他静一静吧。"

八重子特意强调了"他还是个孩子"。

昭夫也补充道:"他特别怕生,根本不和陌生人说话,可能还是太小了,估计对你们办案也没什么帮助。"

昭夫想,一定不能让刑警把注意力转到直巳身上,这是最重要的一点——他和八重子商量的时候就已对此达成一致。

反复观察夫妇二人的脸色后,松宫说:"我还是要见见他,说不定他稍微注意到了什么。就算如您所说,和所有相关人员谈话也是我们的职责。"

"相关人员……吗？"八重子问。

"既然住在一起，你们的儿子当然是相关人员。"松宫淡淡地说。

他说的是事实。昭夫和八重子也知道，不可能不让警察见直巳，只能尽量强调直巳和案件无关，他还是个孩子。

"你们儿子的房间在二楼吧？我自己去就行。"

松宫的话让昭夫着急起来。让直巳一人面对警察非常危险，必须阻止——这也是夫妇二人的一致意见。

"我把他叫下来。"八重子大概也有相同的想法，说完就走出了房间。

"那个，"昭夫说，"咱们换个地方吧，在这儿他会紧张得说不出话来。"说完，他看了一眼政惠那边。

松宫略一思考，点了点头说："好吧。"

两人来到饭厅。昭夫松了一口气。在能看到政惠的地方，直巳一定会非常狼狈。他自然已经知道患老年痴呆的祖母在替他顶罪。

"还有件事，"松宫在饭厅的椅子上坐下，"您母亲以前有过这样的情况吗？比如弄伤过谁，或是破坏过什么东西之类的。"

"我想想……也不是没有。反正都是那个样子，自己做错了什么也意识不到，最后还是给我们添麻烦，比如扔坏东西什么的。"

"但听田岛春美女士说，您母亲基本上不会胡闹。"

"那是因为我妹妹在旁边啊。她只在我妹妹身边才安静。"

年轻的刑警看上去并不相信昭夫的话。

这时，走廊里传来脚步声，节奏并不轻快。

直巳遮遮掩掩地躲在八重子身后。他在T恤外面套了件连帽衫，下身穿着运动裤，双手插在裤兜里，和往常一样驼着背，姿势很难看。

"我儿子直巳。"八重子说，"直巳，这是警察先生。"

即使听到别人在介绍自己，直巳仍低着头不看对方。他躲在母亲身后，好像想隐藏自己瘦弱的身躯。

"可以请你过来吗？有一些事情问你。"松宫说着指了指对面的椅子。

直巳低着头靠近餐桌，在椅子上坐下。他似乎不想面对刑警，侧着身体。

"你知道事情的经过吗？"松宫开始发问。

直巳把下巴向前微微探了探，大概这就是他点头的动作。

"什么时候知道的？"

"刚刚。"他细声细气地说道。

"说准确些。"

直巳看了一眼母亲，然后把目光投向墙上的钟，说："八点左右。"

"怎么知道的？"

直巳沉默不语。昭夫正在想直巳是不是不明白问题的意思，直巳却冲他翻了个白眼。

"为什么我会被问这样的问题？"直巳的声音变得尖锐。

他大概以为自己什么都不用做，或许是八重子这么跟他说的。杀了一个小女孩，竟然还有脸这样想，这让昭夫觉得无地自容，可是现在又不好呵斥他。

"人家要调查家里的每一个人，问什么你就说什么。"

直巳不耐烦地把目光转向一边。你知道现在是什么情况吗！昭夫恨不得怒吼一声。

"你从谁那儿知道了事情的经过？"松宫重复了一遍问题。

"刚才，从我爸和我妈那儿……"他的话没有说完。

"可以告诉我他们是怎么说的吗？"

直巳的表情中混杂着紧张和胆怯，但终究还是清楚现在必须要装下去。"说是奶奶杀了个女孩……"

"然后呢？"松宫盯着直巳。

"把那个女孩扔到公园里了。是银杏公园……"

"然后？"

"瞒不住了，就报警了。"

"还有别的吗？"

直巳的表情看上去很不耐烦——漫无方向地四处张望，嘴半张着，活像一只口渴的狗在伸舌头。

又是这副嘴脸，昭夫想。每次直巳被问到什么不好的事，最后一定会露出这副表情。即使是他自己给别人带来了不快，他也一定会在自己之外找原因，并把火发在别人身上。昭夫能想象出，直巳现在肯定为父母不帮他说话而心怀不满。

"还有别的吗？"松宫重复了一遍。

"不知道。"直巳粗暴地说，"我什么都不知道。"

松宫点点头，环抱起双臂，嘴角浮现出笑意。昭夫不明白这意味着什么，心里很不安。

"听到这件事时，你怎么想？"

"……吓了一跳。"

"那是自然。你觉得你奶奶会做这种事吗？"

直巳低着头，开口说道："都痴呆了，谁知道会干什么。"

"胡闹呢？"

"也会吧。不过我回来得都很晚，不太清楚我奶奶的事。"

"你星期五回来得也很晚啊。"松宫说道。

直巳没有说话。昭夫明白，儿子是因为不知接下来会被问到什么而胆战心惊，连他自己也是如此。

"你去了哪儿、干了什么，可以告诉我吗？"

"警察先生，"昭夫受不了了，插嘴道，"我儿子去哪儿，和案子应该没有关系吧？"

"话可不能这么说。他不是说回家很晚吗？必须说明晚回家的原因，否则接下来会很难办。"松宫语气平和地说，那声音却不容置疑。昭夫也只好应一声"是吗"，退到了一旁。

"怎么样？"松宫又将视线转回直巳身上。

直巳半张着嘴，可以听到从里面漏出的呼吸声已经紊乱起来。"游戏厅，便利店。"他终于用微弱的声音答道。

"和谁一起去的？"

直巳微微摇了摇头。

"一直是一个人？"

"嗯。"

"是哪个游戏厅？把便利店的位置也告诉我。"

松宫掏出笔记本，准备记录。昭夫觉得这就像是在威胁：我们全都记下来了，别撒谎。

直巳不情愿地说了游戏厅和便利店的位置——这也是以防万一，事先准备好的。那家游戏厅直巳经常去，面积较大，他说不会碰到熟人。便利店则选择了以前没怎么去过的。如果是常去的店，店员认得直巳，也许会证明他星期五晚上并没有去。

"在便利店买了什么？"

"什么也没买，站着看杂志来着。"

"在游戏厅玩什么了？"

昭夫心头一紧，这件事他们事先没有商量过，没想到竟然问得这么细致。他祈祷般看着儿子。

"狂热鼓手、VR战士，还有惊悚驾驶……"直巳哆哆嗦嗦地回答，"还有……老虎机。"

老虎机就是赌博机。昭夫只知道这个，其他的都没听说过，但肯定都是直巳平时常玩的。

"几点回的家？"松宫的询问还没有结束。

"八点多九点，大概就是那个时候。"

"离开学校是几点？"

"四点左右……吧。"

"和谁在一起？"

"我一个人。"

"经常一个人回家？"

"嗯。"直巳简短地回答，看样子已经不耐烦了。也许是因询问迟迟不能结束而生气，也或者是这个问题本身刺痛了他。

直巳没有朋友，从小学时就如此。去游戏厅也好，在便利店看杂志也好，都是独自一人。说起来，哪怕有一个能推心置腹的朋友，也不会发生现在这样的事了。

"四点离开学校，回家时将近八点，就是说在游戏厅和便利店待了大约四个小时。"松宫自言自语道。

"基本上平时都是这样。"八重子说，"我让他早点回家，他根本不听。"

"最近的初中生都是这样。"松宫说着，看了看直巳，"从学校出来到回家的这段时间，碰到过熟人或者看见过谁吗？"

"没有。"直巳马上答道。

"那么，在游戏厅和便利店里，有什么印象深刻的事吗？比如有人偷东西被抓，或游戏机出了故障之类。"

直巳摇摇头。"记不得了。我想是没有。"

"是吗？"

"那个……"昭夫再次对刑警说道，"如果不能证明我儿子去过游戏厅和便利店，会很麻烦吗？"

"不，不会。只是如果能证明，对今后的调查会很有利。"

"那……"

"如果能证明,您儿子就和案件没有关系,也不用再找他谈话。如果不能证明,就要再谈几次。"

"和我儿子没关系,我能保证。"

松宫摇了摇头。"非常遗憾,父母的话不能作为证据,必须由第三方作证。"

"我们不会说谎的。"八重子插嘴道,"真的和这个孩子没关系,所以请放过他吧。"

"如果这是事实,我们会以某种方式证实,请不要担心。游戏厅和便利店一般都安装了摄像头。在里面待了四个小时,被拍到的可能性很大。"

这句话让昭夫浑身一颤。摄像头!自己连想都没想过。

松宫转向直巳。"你很喜欢玩游戏啊?"

直巳微微点了点头。

"电脑呢?不玩电脑吗?"

直巳沉默着,反应迟钝得让昭夫都焦急不已。对于这类和案件没有关系的问题,他希望直巳能回答得流利些。

"那个你也玩,对吧?电脑。"八重子焦虑地说道。

"他有电脑吗?"松宫问八重子。

"有。去年有个熟人送了他一台旧电脑。"

"哦。最近的初中生可真不得了!"松宫的视线又回到直巳那里,"谢谢你回答我的问题,你可以回房间了。"

直巳马上站起来，一言不发地走了出去。外面随即传来上楼的声音，最后是砰的一声关门声。

昭夫确信这个刑警在怀疑直巳。虽然不知道为何怀疑，但从反复确认不在场证明来看，肯定是怀疑上了。

他看看八重子。八重子投来无力的眼神，表情同样不安，似乎在说：救救直巳！

昭夫微微点了点头。虽然没有自信，但他已下定决心要保护好儿子。

刑警在怀疑直巳，可没有证据。只要自己不开口，他们也没办法。亲生儿子举报老年痴呆的母亲杀了人，不由得别人不信。即使摄像头没有拍到直巳，也不能说直巳的不在场证明是假的。即使知道不在场证明是假的，也没有证据说直巳就是凶手。

一定不能动摇，只能沿着这条路走到底。昭夫坚定了信心。

这时，对讲机的铃声响了。昭夫不禁咂了咂嘴。"谁啊？这个时候。"

"也许是送快递的。"八重子走近对讲机。

"不用理他。现在可不是悠闲地收快递的时候。"

八重子拿起对讲机的听筒，和对方交谈了几句，回头看着昭夫，一脸疑惑的表情。"是春美……"

"春美？"为什么偏偏在这个时候来？昭夫想。

松宫马上平静地说："她应该是和加贺警官一起，请让他们进来吧。"

25

松宫佯装平静，其实内心很激动，握笔的手心渗出了汗珠。

和小林通过电话后，加贺让松宫确认前原直巳的不在场证明。

"如果父母拒绝，不要管他们。要是他们不让见，你就直接闯进屋子。如果直巳出来，你要彻底细致地追问。他说昨天去了游戏厅，要问清楚是哪个游戏厅，玩了什么游戏，有什么特殊的事，要细致到让他发怒，但我想他也不会发怒。然后要确认他有没有电脑。"

看来加贺早已怀疑前原直巳，但他没有对松宫说明怀疑的原因。嘱咐完这些事，加贺说自己要去见田岛春美。

"为什么？"松宫问道。

"必须让他们自己解决这个案子。"这是加贺的回答。

现在他回来了，而且是和春美一起。松宫想象不出接下来会发生什么。

去开门的八重子阴沉着脸回来了。"老公,春美来了。"

前原昭夫点了点头。

不久,表情悲怆的田岛春美出现了,身后跟着加贺。

"请问……为什么把我妹妹带来?"前原问加贺。

"还是您妹妹最了解您母亲。"加贺说,"所以我请她来,把事情的经过也都对她说了。"

"……这样啊。"前原心虚地抬头看着妹妹,"你很吃惊吧,出了这种事。"

"妈在哪儿?"春美问。

"里边的房间。"

"哦。"春美嘀咕着,做了个深呼吸,"我能见见我妈吗?"

"可以,请去吧。"加贺回答。

春美走出房间,前原夫妇目送她离开。

"松宫,"加贺转头对松宫说,"对他们的儿子问过话了吗?"

"问过了。"

"他星期五去了哪儿?"

"去了游戏厅等地,八点才回来。"松宫说完凑到加贺耳边,"有电脑。"

加贺满意地点点头,看着前原夫妇。"过一会儿会有其他侦查员过来支援,请准备一下。"

松宫闻言吃了一惊,小声问道:"你跟本部联系了?"

"来这里的路上打的电话，但我让他们在附近待命，直到我联系他们。"

松宫不明其意，非常困惑。加贺好像察觉了松宫心中所想，向他投去意味深长的目光，好像在说：都交给我吧。

"要逮捕我母亲吗？"前原问道。

"当然。"加贺回答，"杀人是最严重的犯罪。"

"可她都那个样子了，根本不知道自己干了什么。难道不能认定为没有自理能力吗？"

"当然会进行精神鉴定，但法院如何判定，我们并不可知。警察的工作就是逮捕罪犯，与其是否有自理能力无关。"

"法院也许会判定无罪，对吧？"

"我不知道是否会判无罪，也许会不予起诉，但我们什么都不能确定。这些是法院的裁决。即使起诉，也只能由法官来判断。"

"能不能……"前原说，"尽量别让她受太多苦？审讯室那种地方她肯定受不了。她得了那种病，年纪也大了……"

"那得由我的上司来判断。但以我的经验来看，如果不是特例，一般不会允许。您母亲可以自己上厕所，吃饭也没问题。不仅是审讯室，就算关进拘留所，也会和其他犯人待遇一样。"

"拘留所……不能不进吗？"

"如果被起诉，你们二位也肯定要进去的。"

"我们早有这个觉悟，只是……"

"是的，对老年人来说有些残酷，或者说非常残酷。"加贺接着说,"房间肯定不会干净,厕所是露天的。夏天热、冬天冷,食物粗糙难吃,不经许可不能带入私人物品。您母亲喜欢的玩偶估计也不能带进去。憋闷、孤独、无聊的日子会一直持续。"说到这儿,他耸耸肩,"当然,我们也不知道到底有多痛苦。"

前原昭夫痛苦地扭曲着脸,咬着嘴唇。松宫不知他这样是因为想到以后必须要过的日子,还是担心年迈的母亲。

"前原先生,"加贺平静地问道,"您真的愿意吗?"

这不经意的一问让前原浑身一震。他铁青着脸看向加贺,从耳朵到脖子红了一大片。"这话是什么意思?"

"只是确认一下。您母亲没有能力说明自己的行为,是你们替她说的,结果就是您母亲成了杀人犯。您真的愿意这样吗?"

"话是这么说,但是……毕竟……"昭夫语无伦次,"没办法,想瞒也瞒不住啊。"

"是啊,那就算了。"加贺看看手表,"不用收拾吗?我想短期内你们不会回来了。"

八重子站起身。"我可以换件衣服吗?"

"可以。前原先生呢?"

"我穿这身就行。"

八重子一个人出去了。

"可以抽烟吗?"前原问。

"请便。"加贺说道。

前原拿出一根七星烟,用一次性打火机点燃。他慢慢吐着烟,脸色依然阴沉。

"您现在是什么心情？"加贺坐到前原的正对面。

"能有什么心情？以前积累的一切都没有了。"

"对您母亲有什么想法？"

"对我母亲……怎么说呢。"前原深深地吸了一口烟，良久才缓缓吐出来，"变成那样之后，都不觉得是自己的亲妈了。她也不认识我了。我经常想，母子一场，最后竟然成了这么一种关系。"

"听说您父亲也得过老年痴呆？"

"是的。"

"当时由谁来照顾他？"

"我妈。那个时候我妈的身体还好。"

"看来您母亲受了不少苦啊。"

"我也这么想。我父亲一死，她也松了一口气。"

加贺突然顿了一下，问道："您真的这么想吗？"

"嗯，毕竟太辛苦了。"

加贺没有点头。不知为何，他看了松宫一眼，又把目光转向前原。"长年相伴的夫妻之间的感情是旁人无法理解的，所以才能忍受照顾病人的辛苦。也许想过逃避，也许曾希望对方早点死，但真的到了那种时候，肯定不只是松一口气这么简单。一旦从照顾病人的生活中解脱出来，又时常会陷入强烈的自责。"

"您的意思是……"

"比如后悔自己没多做一些，后悔让对方就那样去世了，不断责备自己，甚至还会因为自责而生病。"

"您是说我妈也是因为这个才痴呆的？"

"我不知道。我只能说，老人的内心是极为复杂的，正因为他们意识到自己终将死亡，才更难让人理解。而我们能做的只有尊重他们的意愿。无论他们做的事情看上去多么傻，也许对他们本人来说，都是重要的。"

"我……打算尊重我妈的意愿，但……我也不知道我妈现在还有没有自己的意愿。"

加贺死死盯着正在说话的前原，嘴角松弛下来。"哦，那就没事了，就当我说了些闲话。"

"哪里。"前原说着，在烟灰缸里熄灭了烟蒂。

加贺看看手表，站了起来。"那么，能帮我带您母亲出来吗？"

"我知道了。"前原说着也站起身来。

加贺回头看看松宫，抬了抬下巴，示意他跟上。

三人走到里面的房间，春美正坐在门口，沉默地看着檐廊上的母亲。政惠仍弯着腰蹲着，像石头般一动不动。

"我想把您母亲带走。"加贺冲着春美的后背说道。

"好的。"她小声回答后站了起来，靠近政惠。

"在此之前，"加贺说，"您母亲有什么珍藏的东西，或是可以让她安静下来的东西，也都带上吧。我让拘留所的人通融一下。"

春美点点头，在房间里环视一圈，突然像是想起了什么，走到小衣柜旁。她打开柜门，抽出一个像书一样的东西。"这个，可以吗？"她问加贺。

"我看看。"加贺打开那个东西，拿给前原看。"好像是您母亲的宝物。"

松宫看到前原一瞬间打了个冷战。加贺拿给他看的，是一本小小的相册。

26

昭夫有几十年没看到过这本相册了。他知道相册里贴的都是老照片。最后一次看到大概是在初中,此后他就自己整理照片了。

加贺给他看的那页上的照片里,年轻的政惠和少年昭夫并肩而立。少年昭夫戴着棒球帽,手里拿着细长的黑色球棍。

昭夫马上想起这是自己小学的毕业典礼,政惠来参加了。她笑着,用右手握住儿子的手,另一只手轻轻抬起,拿着一个小木片似的东西,不知道是什么。

昭夫心里一时间五味杂陈。

虽然得了老年痴呆症,政惠还珍藏着和儿子的回忆,直到现在。记忆中含辛茹苦养育儿子的经历,是治疗她的良药。

自己却要把这样的母亲送进监狱!

如果她真的犯了罪也没有办法,可她什么都没做。而自己呢？说是为了保护独生子直巳，听起来冠冕堂皇的，可终究只是自私的想法在作祟，希望这一切不要妨害自己的未来。

不管母亲痴呆到什么程度，让母亲去顶罪都不是人能干得出来的事。

他把加贺递过来的相册还了回去，拼命忍住即将流出的泪水。

"就不看了吗？"加贺问，"如果您母亲把这个带进拘留所，您就再也看不到了。再多看一眼吧，我们不着急。"

"不了。看了反而更心酸。"

"哦。"加贺合上相册，交给春美。

这个刑警，昭夫想，大概已经看穿了一切。他应该知道凶手不是眼前这个老太太，而是二楼的初中生。所以他才一步步对这个老太太的儿子施压，逼迫他说出真相。

昭夫告诫自己，一定不能被这种手段打倒。刑警使用这种手段，就是因为没有证据。因为找不到其他突破口，才不得不以情动人。那么，只要自己坚持下去就行了。

不要动摇、不要放弃……

不知谁的手机响了。松宫把手伸进上衣口袋，取出手机。"我是松宫……啊，好的，明白了。"三言两语之后，他挂断电话，对加贺说："主任他们的车到了，就在大门外面。"

"知道了。"加贺回答。

正在这时，走廊里传来八重子的声音："我收拾好了。"

她在衬衫外面套了一件毛衣，下身是牛仔裤。大概是选了让自己舒适的衣服。

"您儿子怎么办?"加贺问昭夫,"将有很长一段时间只剩他一个人了。"

"啊,是啊……春美,"昭夫对妹妹说,"直巳只能拜托你了。"

春美抱着相册沉默不语,过了一会儿才微微点头。"知道了。"

"对不起。"昭夫再次道歉。

"那么,田岛女士,请带着您母亲走吧。"

"好的。"春美说着去扶母亲的肩膀,"小惠,我们该走啦,站起来。"

政惠迟缓地挪动身体,扶着春美站起来,面向昭夫。

"松宫,"加贺说,"给嫌疑人戴上手铐。"

"啊?"松宫惊呼了一声。

"戴上手铐。"加贺重复道,"你要是身上没带,我来。"

"不用你的。"松宫拿出手铐。

"请等一下!不用给老太太戴手铐吧!"昭夫忍不住说道。

"只是形式而已。"

"但是……"昭夫说着,忽然看到政惠的手,不由得吃了一惊。

政惠的指尖是红色的。

"这是……怎么回事?"昭夫盯着母亲的指尖小声问道。

"昨天我说过,"春美回答,"这是玩化妆时留下的痕迹,估计是用口红乱涂的。"

"啊……"昭夫脑海里浮现出另一排红手指，那是许多年前看到的父亲的手指。

"可以了吗？"松宫拿着手铐问昭夫。

昭夫轻轻点了点头，他很难受，无法再去看母亲的手。

松宫把手铐套上政惠的手腕。这时加贺突然说道："外出的时候不是需要拐杖吗？"

"嗯……是的。"春美回答。

"戴上手铐也许就不方便拿拐杖了。拐杖在哪儿？"

"应该在大门口的鞋柜里，和雨伞放在一起。哥，你能拿过来吗？"

"好的。"昭夫说完走出房间，进入昏暗的走廊。

大门口脱鞋的地方摆着一个鞋柜，一端有个细长的拉门，里面放着雨伞。平常用的伞都随便扔在外面，这个门基本上不会开，昭夫也很少看见政惠的拐杖。

打开拉门，拐杖果然混杂在几把伞中间，把手是灰色的，长度和女式雨伞差不多。

昭夫把它取出时，拐杖发出了丁零丁零的清脆响声，那声音还和以前一样。

昭夫拿着拐杖回到政惠的房间。春美摊开一块布，把政惠随身用的东西和相册包进去。两个刑警和八重子站在旁边。

"拐杖找到了吗？"加贺问。

昭夫沉默着递过拐杖。

加贺把拐杖递给春美。"我们走吧。"

春美又递给政惠。"看,这不是小惠的拐杖吗?要好好拿着呀。"她的声音中掺杂着哭腔。

政惠的表情没有变化。在春美的催促下,她挪动脚步,走出房间,来到走廊。昭夫看着她们的背影。

丁零——丁零——拐杖上的铃铛在响。

昭夫的目光投向那个铃铛。铃铛上拴着一个小木片,上面歪歪扭扭地刻着"前原政惠"几个字。那是用刻刀手工制作的。

一瞬间,昭夫心里如翻江倒海一般,呼吸仿佛也要停止了。

那个小木片就是刚刚在相册里看到的,母亲拿在手里的东西。

他突然想起小学毕业之前在美术课上做名签的事。老师说,上初中之后,可以挂在自己的东西上,也可以送给喜欢的人。昭夫便刻了母亲的名字,然后从附近的文具店买了个铃铛,用线系好,当作礼物送给了政惠。

几十年过去,政惠还珍藏着它。不仅珍藏着,还绑在她最常用的物品上,一定是患上老年痴呆症之前的事。

这个名签对她来说很珍贵,也许是因为这是儿子送的第一件礼物。

昭夫抑制不住内心的激动。这激动仿佛引起了共鸣,不断放大。昭夫拼命抑制情绪,然而,有什么东西开始发出分崩离析的声音。他双腿一软,跌坐在地上。

"怎么了?"加贺注意到了他的异常举动。

已经到达极限了。昭夫眼中渗出泪水,心理防线已经崩溃。

"对不起,非常……对不起。"他在榻榻米上磕着头,"是假话,全部都是假话。都是我编的,我妈不是凶手。"

27

昭夫说完之后,屋里一片死寂,周围的人大概是过于震惊,以至于说不出话来。他缓缓抬起头,首先看到了八重子。八重子也坐在地上,脸痛苦地扭曲着,目光绝望暗淡。

"对不起,已经没办法了。"昭夫对妻子说,"还是算了吧,我做不了这种事,我做不到……"

八重子垂头丧气,也许她也到了忍耐的极限。

"我知道了。那么凶手是谁呢?"加贺说这话的语气过于平稳,昭夫向他看去,他投来无法言喻的怜悯目光。

昭夫想,这个刑警果然什么都知道了,所以对他自首一点儿都不吃惊。

"是您儿子,对吧?"

面对加贺的提问,昭夫沉默地点头。与此同时,八重子哇的一声哭了出来。她猛地伏身，后背颤抖着。

"松宫，去二楼。"

"请等一下！"八重子伏着脸说，"我把儿子……带过来……"说到最后，已泣不成声。

"知道了，您去吧。"

八重子摇摇晃晃地走出房间。

加贺在昭夫面前蹲下身。"您终于说实话了。您可是犯下了严重的错误啊。"

"你们从一开始就看穿了我们的谎言吧？"

"不。您打来电话之前我们还什么都不知道，听您叙述时也没发现矛盾的地方。"

"那是怎么知道的？"

加贺回头看看政惠。"因为红手指。"

"那有什么……"

"一看到红手指，我就在想红色究竟是什么时候涂上的。如果是在案件发生前，死者的脖子上肯定会留下红色的痕迹。您母亲戴上手套是在案发第二天，我当时正好在这里，记得很清楚。但尸体上没有红手指的痕迹，您的陈述里也没有擦去痕迹的内容。由此可见，把手指涂红是在案件发生之后。可是，您母亲用过的口红却找不到了，不在这个房间里。"

"口红一定是八重子的……"

昭夫话刚出口，就意识到没这种可能。

"您夫人的梳妆台在二楼，您母亲又不能上楼梯。"

"那支口红在哪里？"

"如果不在这个家里，会在哪儿呢？只能是别人带进来的。会是谁呢？我向您妹妹询问此事，问她知不知道最近您母亲用过什么口红——田岛女士，请把那个东西拿出来看看。"

春美打开手提包，取出一个塑料袋，里面装着一支口红。

"这就是那支口红。我们确认了颜色，没有问题。如果做详细的成分分析，应该会更清楚。"

"怎么会在你那儿？"昭夫问春美。

"前原先生，问题就在这里。"加贺说，"您母亲趁您妹妹不注意，拿她的口红去玩，这可以理解。奇怪的是，您妹妹现在还拿着口红。田岛女士，您上次见到您母亲是什么时候？"

"……星期四晚上。"

"原来如此。可见这支口红在那以后就不在这栋房子里了。前原先生，您知道这意味着什么吗？"

"知道。"昭夫说，"我妈把手指涂红，是在星期四晚上。"

"只能是这样对吧。于是，这就和母亲是凶手的说法产生了矛盾。正如我刚才所说，尸体上没有红手指留下的痕迹。"

昭夫紧紧握着拳头，指甲恨不得刺破手掌。"原来是这样……"

无力感笼罩了他的全身。

28

松宫一句话都说不出来。他站在走廊里,听着加贺和前原昭夫的谈话。

他想,这是多么愚蠢而浅薄的犯罪。为了保护自己的儿子,让年迈的母亲顶罪,这让松宫无法想象。幸好前原最终选择自首,让人松了口气。

可是,加贺早就注意到了红手指,为什么不当即指出来?那样肯定会更早查明真相。

"你说什么?不是说不用见警察了吗?"楼梯上传来一个声音,是直巳。

"我都说了,完了,全完了……"八重子哭着说。

"我不知道!什么玩意儿,我不是都按照你们教的说了吗?"

突然,响起咣的一声撞击声,随即传来一声惨叫。

"都是你们搞砸了,都怪你们!"直巳叫喊道。

"对不起,对不起!"

松宫还在想发生了什么,加贺已大步穿过走廊,跑上楼梯。

"干什么!"直巳发出一声惨叫。加贺随即揪着少年的衣领下了楼梯,把他摔在地板上。

"松宫,把这个浑蛋看好。"

"知道了。"松宫说着抓住直巳的胳膊。直巳立刻哭了起来,像个小学生似的涕泪横流,喉咙里发出嘤嘤的哭声。

"老实点。"松宫拽起直巳的胳膊,向大门走去。

"我也去……"八重子从后面追过来。

打开大门,院子外站着小林和坂上。看到松宫后,二人拉开院门走了进来。

"情况是这样的……"

小林摆了摆手。"我听加贺说了。你辛苦了。"

他招呼部下接管直巳和八重子。看到他们离开后,他转身对松宫说:"调查春日井家的电脑后发现,在被删除的邮件里,有一封案发当天收到的邮件。被害人的父亲对此没有印象,所以很可能是被害的女孩收到的。邮件里只有照片,都是超级公主的玩偶。"

"发件人是谁?"

"用的是免费邮箱,不知道真名,但现在能确认了。"小林指了指前原家的二楼。

"前原直巳确实有电脑。"

"被害人看了邮件里的照片后去了某个地方。也许是去见发件人了。"

"要没收前原直巳的电脑吗？"松宫问。

"有这个必要，但不用着急。里面还有一个人需要逮捕吧？"

"是的，是遗弃尸体的主犯前原昭夫，现在他正在和加贺谈话。"

"我这边没什么事了，你快去他那里。要好好听加贺说的话。"

"听他说的话？"

"现在开始才是最重要的。"小林拍了拍松宫的肩膀，"在某种意义上，比案件本身还重要。"

29

松宫回到屋内,告诉加贺已把直巳和八重子移交给同事。听着他们的对话,昭夫一直没有抬起头。

政惠又坐回檐廊上,春美坐在她旁边,场景仿佛回到了几分钟前。但这短短一段时间里,这个家庭已经发生了翻天覆地的变化。

昭夫缓缓站起来,身体像灌了铅似的沉重。

"我也该走了吧。"

"没有什么想说的吗?"加贺问,"对您母亲和妹妹。"

昭夫摇摇头,盯着脚边的榻榻米。"真没想到我妈会做这种事。昨天听我妹说妈最近喜欢玩化妆,我根本没放在心上,没想到这竟成了致命一击。"他自嘲似的笑出了声。

昭夫感觉春美走了过来,便抬起了头。春美咬着嘴唇,泪水从脸颊上滑落。用力地眨了一下充血的眼睛之后,昭夫脸上挨了一下。他没能立刻明白发生了什么,直到感觉脸上热辣辣的,才知道自己被扇了一耳光。

"对不起。"昭夫感到脸上一阵麻木,低下了头,"我做了这种事……"

春美用力摇头。"需要你道歉的人不是我。"

"嗯?"

"前原先生,"加贺站到春美旁边,"您还没发现事情的真相吗?"

"真相?"

"最后的最后,您良心发现,这很好。但是您却不知道最重要的一点。"加贺让昭夫看了看口袋里的口红,"我事先去见您妹妹的时候,拜托她等我的信号,在那之前不要说出她隐瞒的事情。"

"隐瞒的事情?"

"我刚才说了一个小小的谎言。关于口红,我其实是这么问您妹妹的——您母亲是不是交给您一支口红?如果是,请带上。"

昭夫不明其意,困惑地看着春美。

她说:"那支口红不是我的。妈以前就有。"

"是咱妈的?这不是在你手里吗?"

"这是昨天我在这栋房子的院子里捡到的。"

"院子里?"

"我接到电话,说在院子的盆栽下藏着一支口红,要我取走保存一段时间。我不知道为什么,但还是照做了。"

"啊?这是怎么回事?"昭夫陷入混乱,"电话?谁打的?"

"她有手机，是我给她买的。"

"手机？"

春美悲伤地皱紧眉头。"你还不明白吗？"

"明白什么……"昭夫说这句话时，一个念头闪现在脑海中。

他马上又否定了这个念头，因为太难以置信了。但现在所有的一切都在让他接受这个想法。

"怎么可能！"他把目光投向檐廊。

母亲还像刚才那样蹲着，如同一个物件般一动不动。

"怎么可能……"他又重复了一遍。

逻辑上说得通。昭夫想，母亲知道自己和八重子的企图后，就想出了一个让计划露出破绽的办法——红手指。警察一定会问是什么时候涂上的。如果把口红交给春美，就会被认定是在案发前涂红手指的，由此证明她不是凶手。

可是如果这个假设能成立，就必须颠覆一个大前提。

难道母亲没痴呆？

昭夫望着春美。她像要诉说什么，嘴唇颤动着。

"你一直……都知道吗？"

春美缓缓开口："当然知道。我一直和她在一起啊。"

"为什么装痴呆呢？"

"哥，到现在你还不知道原因吗？不会吧？"

昭夫沉默了。春美的指责直击要害，他已经知道了答案。

搬家之后的记忆在他脑海里复苏。八重子态度冷淡，昭夫受她影响，也开始疏远年迈的母亲。父母如此，当然也不会好好教育儿子，直已也觉得祖母是什么脏东西，而昭夫和八重子都没有纠正他这一点。

不仅如此，住在这个家里的人之间完全没有心灵上的纽带，家庭的温暖在这里也不存在。

政惠对这种状况绝望了。她最后选择的道路就是创造一个自己的世界，不让其他家庭成员进来。唯一的例外是春美，恐怕只有和春美在一起时，政惠才是最幸福的。

昭夫他们却没有看破政惠的演技。不光这样，他们还试图利用她的演技。昭夫想起自己和八重子在政惠面前说过的话。

"不要紧的，都痴呆成这样了，警察也问不出什么。只要我们作证，由不得他们不信。"

"问题是痴呆的老人为什么要杀那个女孩？"

"因为痴呆了，也不知道会干些什么。对了，你妈不是喜欢玩偶吗？就说她是像弄坏玩偶一样杀了人。"

"不会被判得很重吧？"

"也许都不会被定罪。不是有精神鉴定吗？做了那个，就能知道老太太精神不正常。"

政惠听到这些话时是什么心情呢？在那之后她也一直假装痴呆，可心里是怎样的愤怒、悲伤和羞耻呢？

"前原先生，"加贺说，"您母亲为了不让你们走错路，一直在无声地发送着信号。您还记得她最初捡手套的情景吧？手套上沾着恶臭，您母亲在借此告诉我那里就是犯罪现场。然而当我们怀疑到您的时候，您又犯了新的错误，所以您母亲才涂红了手指。"

"是要把我送进……监狱吗？"

"不是。"加贺严厉地说道，"世界上没有哪个母亲会想把自己的儿子送入监狱。她是为了让您回头。"

"哥，昨天我说了，妈最近喜欢玩化妆。她当然没有这种爱好，这也是她让我说的。我当时也不明白为什么非得这么说不可，现在我懂了。你听我说了这些，应该会去检查她的手指。发现她的手指涂上了口红，你一定会擦去，那个时候妈就会反抗，只有这样才能在继续假装痴呆的情况下让你放弃计划。妈原本是这么打算的。"

昭夫用手按住额头。"这样……我根本没想到过。"

"是你们作茧自缚。"加贺平静地说，"我和您妹妹谈过了。我希望您能醒悟过来，在我们带走您母亲之前放弃自己的计划。这也是您母亲的愿望。如果您母亲想阻止你们，什么时候都可以，只要告诉你们，她是假装痴呆的就可以了。她没有那么做，是因为对您还抱有一丝希望。我们尊重她的想法，因此和您妹妹商量，如何才能让您自己良心发现。您妹妹提议让您看母亲的拐杖。"

"拐杖……"

"您知道吧，那个拴着铃铛的名签。您妹妹知道那是您母亲珍藏的东西。相册和名签，如果您看到这两样东西仍无动于衷，就没有办法了。这是您妹妹的意见。说实话，您把拐杖递给母亲的时候，我已经放弃了，但您终究还是悔过了。您谢罪的话，已经传达给您母亲了。"

"加贺先生……您是什么时候知道我母亲没有痴呆的？"

"当然是看到红手指的时候。"加贺马上回答，"当时我正在想为什么涂红手指，是什么时候涂上的。我看着您母亲的眼睛时，她在用眼神和我交流。"

"眼神……"

"您母亲的眼睛紧紧地盯着我，像在说些什么。那不是没有意识的人的眼睛。前原先生，您认真地看过您母亲的眼睛吗？"

加贺的话一字一句都像大石头一样砸在昭夫心口。他无法承受这种重量，跪了下来，双手撑在榻榻米上望向檐廊。

政惠一动不动地望着院子。这时昭夫才注意到，年迈的母亲弯曲的后背正微微颤抖着。

昭夫趴了下去，把额头贴在榻榻米上，泪流不止。

他闻到了陈旧的榻榻米的气味。

30

对前原直巳的审问由小林主持,松宫站在旁边。直巳始终一副胆怯的样子,回答问题的时候不时掉眼泪。

"你和春日井优菜什么时候认识的?"

"就是那天,放学回家路上碰见的。"

"是你搭讪的?"

"优菜先打的招呼。她看见我的背包上挂着超级公主的钥匙扣,问我是在哪儿买的。"

"你告诉她了?"

"我说是在秋叶原买的。"

"然后呢?"

"优菜问了我很多关于玩偶的问题。她好像看过粉丝网站,让我吃了一惊。"

"你们在哪儿谈话？"

"我家附近的路边上。"

"你说要给她看玩偶？"

"我说我有很多玩偶，优菜说她也有很多，想看看我都有什么样的。"

"于是就约好了再次见面？"

"优菜说希望我把照片发到她父亲的电脑里，我们就约好了发邮件。邮箱地址写在优菜名签的背面。她说要是有没见过的玩偶，就到我家来，我把我家的地址告诉了她。"

"你马上就发了邮件？"

"回家以后，我用数码相机拍下照片，然后用电脑发了。"

"优菜立刻就来了？"

"五点半左右来的。"

"你一个人在家？"

"我奶奶在最里面那间房间，很少出来。"

"你给优菜看了玩偶？"

"给她看了。"

"在哪儿？"

"我家的饭、饭厅。"

这些问题直巳回答得比较清楚，语气也相对平稳。然而，一问到后面的问题，他的态度随之一变。

"为什么掐死优菜？"

直巳原本铁青的脸迅速泛红,眼角向上吊起。

"不知道。"他低声说道。

"怎么可能不知道!一定有什么理由才掐死了她。"

"她说要回家……"

"回家?"

"我给她看了玩偶,她却说想回家。"

"所以你就把她掐死了?"

"……我不知道。"

此后不管再问什么,直巳都闭口不答,无论威胁还是好言相劝都不起作用。小林忍不住发怒。直巳就像被冻住似的全身僵硬,而且开始轻微地痉挛。

为了让他平静下来,正准备将他带出审问室时,他终于开口了。

"……都是父母不好。"

31

脉搏数徘徊在七十上下。松宫抚摩着自己已经出油的脸,看着舅舅。那张在氧气面罩下的脸一动不动。

克子坐在松宫对面,面露疲态。也许是希望守护对自己有恩的哥哥直到最后一刻,她的目光十分认真。

克子经常来照顾隆正,听说隆正这几天总是犯困,睡得过多,对时间都没有感觉了。

前天晚上,隆正对克子说:"你回去吧,我想一个人待着。"说完就睡着了。这是他的最后一句话,从此他再未睁开过眼睛。松宫匆匆赶来,无论在他耳边怎么呼唤,他都没有反应。

医生说该来的终归要来。不做徒劳的延命措施,这是以前就和医院说好的。

要是知道会变成这样,早点来就好了,松宫后悔不已。回想起来，上次来探望还是在银杏公园弃尸案的案发当日。那天松宫没说和加贺在一组的事，此后也没说破案经过。因为太忙，抽不出时间。

如果能和他说说前原家的事，隆正该多么感兴趣啊。他要是知道松宫万分佩服目光如炬的表哥，一定会很高兴。

克子突然啊了一声，看向显示屏。脉搏数又下降了。医生说降到六十以下就没希望了。

松宫叹了口气，把目光投向旁边的桌子。那里还放着棋盘。和上次相比，棋子摆放的位置发生了一些变化，但不知隆正最后走了哪一步，也不知是否已经分出胜负。

他从椅子上站起来，挠着头靠近窗户。守候在隆正身边，等待最后的时刻，令他很是心酸。

外面晨光熹微。松宫来的时候是昨晚将近十二点，现在已经过了五个小时。

天马上就要亮了，舅舅的生命却……他边想边漫不经心地看着窗外，视线捕捉到一个站在医院大门旁的男人。

刹那间，他想，不会看错了吧？真是出乎意料。

"恭哥在那儿……"他喃喃自语。

"嗯？"克子疑惑地问。

"那个人是恭哥。"松宫又仔细看了看。那个披着黑色上衣、一动不动的人无疑正是加贺。

"他怎么不进来？"

"不知道,我去叫他。"

松宫正要开门,门却开了。身着白衣的医生和护士金森登纪子走了进来。两人向松宫和克子点头致意,随即一言不发地走到隆正床边。

在其他房间也能看到显示屏的数值,他们肯定是看到了数值。隆正已濒临死亡。

"哥哥,哥哥。"克子呼唤道。

医生站在床边,观察隆正的脉搏。脉搏数还在下降,像是电子计时器上的数字,在随着时间一秒一秒地减少。

为什么?松宫想,为什么加贺站在那里?为什么不进来?他想去叫加贺过来,可那样就会错过隆正的最后一刻。

显示屏上的数值降到了四十。此后下降的速度更快,数字不断减小,很快就到了零。

"嗯。"医生用很例行公事的语气小声说道,"请节哀。"

金森登纪子开始摘除隆正的面罩。克子一直盯着死去的哥哥的脸庞。

松宫走出病房。他还没有隆正已去世的实感,因此也不觉得悲伤。对他来说,这似乎是宣告了某一重大时刻的结束。

他下到一楼,走向医院大门,透过玻璃门看到了加贺的背影。

松宫走出去打了招呼:"恭哥。"

加贺缓缓转过身,丝毫没有吃惊,脸上甚至还浮起微微的笑意。

"脩平,你从医院里出来……就是说都结束了?"

松宫点点头。

"是嘛。"加贺说着看了看表,"早上五点啊……他痛苦吗?"

"不,就像睡着了一样静静地走了。"

"那就好,我得向局里请个假。"

"你待在这儿干什么?为什么不进去?"

"有些原因,虽然不是什么重要的原因。走吧。"加贺说完走进了医院。

他们走到病房前,克子一个人无力地坐在那里。看到加贺,她睁大了眼睛。"小恭……你在外面?"

"承蒙您诸多照顾。"加贺低下了头。

"我舅舅呢?"

"护士正在给遗体化妆,还说要整理医疗器具。"克子看了看儿子和侄子,说道。

加贺点点头,在旁边的椅子上坐下。松宫坐到了他旁边。

"你觉得银杏公园的案子里,前原家的老太太为什么假装痴呆?"加贺问道。

"呃……有很多理由吧。"松宫不明白加贺为什么问这个问题。

"比如说?"

"不愿意和家里人接触,大概是因为这个吧。"

"那是主要理由,可我觉得不光如此。"

"怎么说?"

"以前我见过一位老先生。相伴多年的妻子先走一步之后,老先生整理妻子的东西，特别想试试看。有一天，他穿上了妻子的衣服，还不满足，又穿上妻子的内裤，还化了妆。以前他并没有这种爱好，也不是跨性别者，因为除了妻子的衣服以外，他对其他女性物品都不感兴趣。我问他，是不是因为很怀念妻子才穿她的衣服。他马上说不是。他自己也不太清楚，就是觉得这样能和死去的妻子交流。"

松宫吃了一惊。"前原家的老太太，也是因为想和死去的丈夫交流才假装痴呆？"

加贺没有肯定。"我不知道这是不是她明确的意愿，大概她本人也不知道吧，就和穿妻子衣服的老先生一样。说是假装痴呆，其实她并不了解痴呆老人的心理，也许只是从另一个角度回顾自己是怎么照顾痴呆的丈夫的。必须记住的是，越是老年人，或者说正因为是老年人，内心常常会有不可平复的伤痕。治愈它的方法因人而异，虽然他们身边的人也许不能理解，但是我觉得，重要的是即使不能理解，也要尊重。"

加贺把手伸进上衣的口袋，掏出一张照片。照片很旧，上面是一家三口。

松宫呆住了。"这是你吧？这是我舅舅，这是……"

"旁边的就是我妈。大概是我小学二年级的时候，在家附近的公园照的。我们的全家福只有这一张。我想把它放进棺材里，所以带来了。"

"你的母亲……我还是头一次见到。"

照片上的人三十多岁，瓜子脸，给人一种恬静的印象。

"你知道她是怎么去世的吗？"

"据说在仙台的公寓里被发现……"

加贺点了点头。"她一直一个人生活，没有人探望，孤单地去世。我爸一直为这件事耿耿于怀。临死的时候，我妈该多想见见独生子啊！所以我爸决定他也要孤单地死去。他是这么对我说的：'在我咽气之前，你绝对不许靠近我。'"

"所以你才……"松宫看着加贺。

病房的门开了，金森登纪子探出头来。"好了，请过来吧。"

"去看看吧。"加贺站了起来。

隆正闭着眼睛躺着，好像所有的苦恼都消散了，显得非常安详。

加贺站在床边，低头看着父亲的面庞。"他看起来很满意。"他突然说了一句，然后将目光转向旁边桌上的棋盘。

"那是舅舅最后还在下的棋，"松宫说，"和这里的护士小姐交手。"他看了看金森登纪子。

她马上露出困惑的表情，看着加贺。"我现在可以说了吗？"

加贺挠了挠下巴。"啊，可以。"

"怎么回事？"松宫问金森登纪子。

"下棋的人并不是我。我只是按照邮件里的指示移动棋子。"

"邮件？"

"加贺先生，我指的是老先生，走完一步棋之后，我再通过手机邮件把战局发过去。"

松宫刚想问发给谁,马上就意识到了。"是恭哥吗?"

加贺微微苦笑了一下。"下完一局要两个月……不,还要更长吧。现在还有一步就能决出胜负了。"

松宫说不出话来。他为自己认为加贺很绝情而感到羞愧。原来加贺一直在用自己的方式与父亲交流,一直和父亲紧紧相连。

"请把这个拿去。"金森登纪子向加贺伸出右手,那里有一枚棋子,"您父亲临终时还握着这个。"

加贺接过棋子。"是桂马。"

"大概您父亲也知道和他下棋的人究竟是谁。"

金森登纪子说完,加贺默默地点了点头。

"接下来该轮到我舅舅下了吗?"松宫问。

"对,他应该是要下到这里吧。"加贺在棋盘上落下棋子,然后回头看着父亲,笑了,"将得好,是爸爸赢了。太好了。"

图书在版编目(CIP)数据

红手指 /（日）东野圭吾著；于壮译. -- 3版. -- 海口：南海出版公司, 2024.10 (2025.7重印)
(东野圭吾作品)
ISBN 978-7-5442-8053-2

Ⅰ.①红… Ⅱ.①东… ②于… Ⅲ.①长篇小说－日本－现代 Ⅳ.①I313.45

中国版本图书馆CIP数据核字(2019)第159155号

著作权合同登记号　图字：30-2019-106

AKAIYUBI
© Keigo Higashino 2006
All rights reserved.
Original Japanese edition published by KODANSHA LTD., Tokyo.
Publication rights for Simplified Chinese character edition arranged with KODANSHA LTD. through KODANSHA BEIJING CULTURE LTD. Beijing, China.
本书由日本讲谈社正式授权，版权所有，未经书面同意，不得以任何方式做全面或局部翻印、仿制或转载。

红手指
〔日〕东野圭吾 著
于壮 译

出　　版	南海出版公司　(0898)66568511
	海口市海秀中路51号星华大厦五楼　邮编 570206
发　　行	新经典发行有限公司
	电话(010)68423599　邮箱 editor@readinglife.com
经　　销	新华书店
责任编辑	张　锐
特邀编辑	朱文曦
营销编辑	陈歆怡　杨美德　李琼琼
装帧设计	韩　笑
内文制作	张　典
印　　刷	北京中科印刷有限公司
开　　本	850毫米×1168毫米　1/32
印　　张	7
字　　数	136千
版　　次	2011年11月第1版　2024年10月第3版
印　　次	2025年7月第3次印刷
书　　号	ISBN 978-7-5442-8053-2
定　　价	59.00元

版权所有，侵权必究
如有印装质量问题，请发邮件至 zhiliang@readinglife.com